うちのにゃんこは妖怪です

つくもがみと江戸の医者

高橋由太

ポプラ文庫

もくじ

うちのにゃんこは妖怪です

つくもがみと江戸の医者

第一話　つくもがみ

江戸の夜は、暗くて静かだ。

浅草《あさくさ》や日本橋《にほんばし》、吉原《よしわら》あたりの盛り場なら酔客などの賑わいもあろうが、江戸外れの深川《ふかがわ》は、

「しん」

と、静まり返っている。職人の町でもあるので、朝の早い者が多いせいもあるだろう。

最近は深川も拓けつつあったが、それでも人通りのない場所がある。そんな一角に、吹けば飛ぶような一軒の貧乏長屋があった。

松吉《まつきち》は、そこで母親と暮らしていた。まだ八歳だが、もう働いていた。蕎麦屋で丁稚《でっち》をしている。住み込みではなく通いだ。

食べ物屋は重労働で、小さな身体にはきつかった。ましてや、松吉は手を抜くことを知らない。一日が終わるころには疲れ果てて、布団に入ったとたん眠ってしまう。地震があって長屋が倒れかかったことがあったが、眠ったまま気がつかなかっ

たくらいだ。

でも、何かの拍子に目を覚ますこともあった。急に覚醒するのだ。このときもそうだった。厠《かわや》に行きたくなったわけでもないのに、なぜか目が覚めてしまった。

父が死んでから引っ越してきたこの長屋は、かなりのおんぼろだ。戸もちゃんと閉まらないし、建て付けが悪いらしく大きな隙間もある。

その隙間から夜の気配が忍び込んでくる。外気は冷たく、太陽の光はどこにもなかった。朝までは時間があるようだ。松吉の隣では、母が寝息を立てていた。

（まだ寝られるな）

明日も仕事だ。働いているときに欠伸《あくび》をしたら、店の主人の竹造《たけぞう》にどやされる。竹造はやさしい年寄りだが、職人肌で商売には厳しい。下手をしたらクビにされてしまう。

もう一眠りしようと目を閉じたときだ。ふと、長屋の外を歩く足音が聞こえた。軽い音だった。

（まさか、泥棒？）

貧乏長屋にも泥棒は入る。鍋や釜を盗まれた者もいた。松吉は、息を殺して壁の隙間から外を見た。

暗い部屋で寝ていたので、松吉の目はすでに闇に慣れている。また、夜目の利く体質で、昼間と同じように外を見ることができた。しかも、明るい月が夜空に浮かんでいた。

小さな娘が歩いていた。松吉は、その娘を知っている。

（おみよ？）

二軒先の部屋に住んでいる幼馴染みの娘だ。年は松吉の一つ下である。

（こんな真夜中に、どこに行くんだろう？）

松吉は不思議に思った。普通に考えれば厠だが、おみよの歩いていく方向は反対だった。長屋の敷地から出ていこうとしているように見えた。

（何をやってるんだよ）

舌打ちしそうになった。拐《かどわ》かしもいれば、辻斬《つじぎ》りもいる。子どもを襲う野良犬だっていた。江戸の町は物騒なのだ。幼い娘が夜中に出歩いても、いいことは一つもない。

松吉は起き上がり、母を起こさないように気をつけながら外に出た。おみよを呼び止めるつもりだった。

長屋から出ると、夜風が頬を撫でた。

春の夜風は、どこか生ぬるかった。

お天道様がないだけで、松吉の知らない町みたいに見える。明かりのない建物が墓場のように見えたのだ。

「気味が悪いや」

冗談めかして呟いたが、その声は掠れていた。

気を取り直して、おみよを追いかけようとした。すると、どこからともなく音が聞こえてきた。

ちんとんしゃん
ちんとんとんしゃん

三味線《しゃみせん》の音だ。琴や琵琶《びわ》の音も混じっている。曲を奏でているようだった。長屋の中にいたときは聞こえなかったのに、今は、はっきりと聞こえる。うるさいとまでは言わないが、眠りの浅い人間が目を覚ます程度には大きい音だ。

だが、聞いているうちに、その音はだんだん大きくなってきた。気づいたときには、松吉の身体が音楽に包まれた。

美しい音色だが、真夜中にこの音は大きすぎる。夜更けに楽器を鳴らせば苦情が出る。

ましてや、この長屋には気の荒い職人連中も住んでいる。怒鳴り声の一つくらい上がりそうなものだが、誰も気づいていないようだ。

（変なの……）

そう思ったのが合図であったように、音楽が消えた。そして、おみよが自分の長屋に帰っていく背中が見えた。

「いったい何なんだ……」

呟いた言葉の返事は見つからない。

立ち尽くす松吉の周囲には、桜のにおいのする闇だけがあった。

†

梅の花がこぼれると、桜の季節が訪れる。江戸でも、深川は桜の多い土地だ。薄紅色の花びらが、そこかしこで咲いていた。

その中でも、墨田川沿いにはたくさんの桜が植えられている。

「墨堤《ぼくてい》の桜」

と、呼ばれる花見の名所があった。江戸中から、この桜を見ようと人が押しかけてくる。

八代将軍吉宗《よしむね》公の命令により植栽したのが始まりだと言われている。深川っ子たちにとっては自慢の桜だ。

その墨堤から少し離れたところにある十万坪《じゅうまんつぼ》そばにも、薄紅色の花が咲いていた。花びらが、雪のように舞い落ちている。

だが、こんな寂しい場所に花見に来る酔狂な人間はいない。人通りそのものがほとんどなく、動物さえも避けて通るような場所だ。

それなのに、今日は人影があった。貧乏長屋の松吉だ。

「ええと……。こっちだったよな……」

独り言を言いながら、寂しい道を歩いた。うろおぼえだったが、他に道はない。間違えようがなかった。

桜の花びらに導かれるように歩いていくと、廃神社が見えた。境内《けいだい》に入る鳥居の前に、二つの看板が立てかけてあった。

よろずあやかしごと相談つかまつり候

早乙女無刀流道場

前者は拝み屋の看板で、後者は見たとおりの剣術道場の看板だ。

並んで立てかけてあるが、同じ人間がやっているわけではない。神名《かみな》九一郎《くいちろう》と早《さ》乙女《おとめ》みやびの看板である。松吉は、二人のことを知っていた。

先に廃神社に住みついたのは、拝み屋の九一郎だった。そこに、両親を殺され、火事で道場から焼け出された、みやびが転がり込んだのだ。

夫婦でも恋人同士でもないようだが、兄妹のように仲よく暮らしている。八歳の松吉は、それ以上の詳しいことを知らない。

松吉は、廃神社には剣術を習いに来たのではなかった。用事があるのは、『よろずあやかしごと相談つかまつり候』のほうだ。

拝み屋に会いに来たのだった。

†

「子どもが、真夜中に家を抜け出している？」

みやびは聞き返した。今年十七歳になった。廃神社の主のような顔をしているが、ただの居候だった。

早乙女という苗字を持ってはいるが、死んでしまった親の正式な身分は浪人である。浪人の身分は曖昧《あいまい》だ。士籍は失っているが、苗字帯刀は許されていて武士として扱われている。ただ、その日常生活は町人と変わりがない。

ちなみに、廃神社の主で、かつ拝み屋の神名九一郎は体調を崩し、自分の部屋で寝ていた。

松吉とは面識があった。少し前に、妖《あやかし》がらみの事件に巻き込まれて、みやびや九一郎と出会った。それ以来の付き合いである。ときどきだが、松吉の奉公している蕎麦屋にも足を運んでいた。

松吉は、みやびの問いに返事をした。

「はい」

「親に黙って長屋を抜け出すのか？　ふむ。夜遊びかのう」

横から言ったのは、なんと猫だった。潰れた鞠《まり》のようにだらしなく太った猫だ。

そいつが、松吉に問いかけている。人間がしゃべっているように聞こえた。もちろん普通の猫ではない。

――ニャンコ丸。

みやびは、そう呼んでいる。自称・唐土《もろこし》の仙猫《せんびょう》だ。「肉球判子」なる謎の妖術を使い、人間としゃべることができる。

「猫大人《マオ・ターレン》と呼ぶがいい」

と、主張するが、みやびは呼ばない。「大人」というのは、先生とか師匠とか相手を敬う場合に使うものらしい。太ったブサイク猫には不似合いである。ニャンコ丸で十分だ。

「夜遊びって、子どもがどこに行くのよ？」

「わしに聞くな」

自分で言ったくせに、この返事である。深い考えなしに適当なことを言っただけのようだ。いつものことだが、駄猫は適当で無責任であった。言いたいことを言って生きている。

（相手にするのはやめよう）

ニャンコ丸と出会ってから、一日十回は思うことを再び思った。このブサイク猫は、まともなことを滅多に言わない。

さらに付け加えると、廃神社に棲《す》みついている妖は、このぶた猫だけではなかった。

「お茶を淹れてきたよ」

傘差し狸《だぬき》のぽん太が言った。その名の通り、朱色の唐傘を差している狸の妖だ。建物の中にいるというのに、今も傘を差している。行儀が悪いが、それは人間の世界のことで妖を叱っても意味がない。

「おいらが買ってきたお茶だよ。飲んでいいからね」

「お茶？　どこ？」

みやびは聞いた。お茶を淹れてきたと言ったくせに、見当たらなかった。ぽん太が顔を上に向けて答える。

「おいらの傘の上」

大道芸よろしく、茶碗を傘に載せて持ってきたのであった。傘差し狸だけあって器用なものだが、傘はお盆ではない。茶碗の重さで凹《へこ》んでいるし、今にも落ちそうだった。

「危ないでしょっ！」

お茶を慌てて取った。みやびと松吉の分だけでなく、妖二匹の分まである。加えてお茶菓子まであった。

「羊羹《ようかん》もあるよ」

もともとは、穀物や小豆などを蒸し固めて羊の肉に見立てて食したとされているが、『日葡《にっぽ》辞書』（一六〇三年）には砂糖羊羹が記されていた。小豆あんを寒天で固めた練《ねり》羊羹は寛政年間（一七八九から一八〇一年）に江戸で生まれて文化・文政のころ（一八〇四から一八三〇年）に全盛となった。

ニャンコ丸が稲妻のような速さで、その羊羹を奪い取った。

「気が利くのう」

と、早速食べ始めた。仙猫と言いながら、食い意地が張っていた。浅ましいと言いたくなるほど、よく食べる。

だが、おかげで静かになった。食べている間は、しゃべることができない。これ幸いと、みやびは話を戻した。

「外に何をしに行っているのかしら？」

「分からない。でも、たぶん音楽を聴きに行ったんだと思う」

「音楽？」

「うん」

三味線や琴、琵琶の音が聞こえたという。松吉の長屋があるのは、遊郭《ゆうかく》どころか芸者を呼ぶような料理屋もない場所だ。芸者や音曲の師匠も暮らしていない。楽器を持っている者さえいないだろう。

「空耳だったのではないのか？」

「ちゃんと聞こえたよ」

松吉はしっかり者だ。また、嘘をつくような子どもでもないし、わざわざ十万坪の外れまで来て嘘をつく必要もなかろう。

「長屋の他の人たちは何て言ってるの？」

夜中にそんな音が聞こえたら、長屋中の話題になるはずだ。だが、松吉は首を横に振った。

「誰も何も言っていない」

「誰も？」

「は……はい。おっかあも聞いていないって」

面妖な話だ。羊羹をあっという間に食べてしまったニャンコ丸が、再び会話に入って来た。

「おみよは、何と言っておる？」

「ええと……」

松吉が口ごもった。

「……分からない」

「分からない？　聞かなかったのか？」

ニャンコ丸が問うと、松吉はこくりと頷いた。おみよと話していないのだ。

「なぜ、聞かぬのだ？」

いい質問だ。

「それは……」

松吉は口ごもり、もじもじとしている。誰が見ても分かるほど、顔が真っ赤になっていた。

†

九一郎は、廃神社の自分の部屋にいた。文机には書物が広げてあるが、朝から一行も読んでいない。読む気になれなかった。ずっと考えごとをしていた。

文机の上には、手鏡も置いてある。目を向けると、自分の顔があった。この顔が嫌いだった。

(母にそっくりだ)

今さら思った。九一郎は、いなくなった母の血を濃く受け継いでいる。九一郎にしてみれば、忌まわしい血だ。

父と妹を鬼に殺された過去があった。その鬼は、たぶん、母だ。

事件があったときの記憶は残っている。母に言われた言葉を、母のしぐさを、はっきりとおぼえていた。

「ごめんなさいね。我慢できなくなっちゃったの」

そう言って、返り血を浴びた美しい顔で妖艶に笑った。

「我慢できなくなったって……」

「仕方ないのよ。鬼だから」

自分は、その鬼の血を引いている。

人を喰らった鬼の子どもだ。

目を逸らしていたかったが、否定しようのない事実だった。そして、それは顔が似ているというだけではなかった。

ときどき、歪な角が額に現れる。全身が冷たくなって、残酷な気持ちになる。人を殺《あや》めたくなる。

まだ気持ちを抑えることはできるが、いつまで我慢できるかは分からない。いつの日か、家族を手にかけた母のようになってしまう予感があった。人間でなくなってしまう予感だ。

姿を消したほうがいい。

人間のそばにいないほうがいい。

この世から消えたほうがいい。

思い浮かぶのは、妹の千里《せんり》の顔だった。

千里は、たぶん母に殺された。

みやびのことも思い浮かべる。みやびは、千里に似ている。そして、みやびも鬼に家族を殺されていた。九一郎の母のしわざかもしれない。

(かもしれないじゃない。殺したに決まってる)

確信していた。

だが、誰にも言っていない。みやびにも話していなかった。彼女は、悪い鬼のしわざだと信じているようだ。だから、九一郎に頼んだ。

「鬼を……。ち……父と母を殺した鬼を退治してください」

母がやったとは言わずに、「拙者に任せるでござる」と答えた。泣いている娘を騙したのだ。

みやびは両親を失い、住まいを兼ねていた道場から焼け出された。ニャンコ丸と一緒に廃神社にやって来た。九一郎と一緒に暮らしている。そして、九一郎を頼ってくれる。九一郎の母が、両親の仇だと知らないからだ。

「拙者、卑怯者でござる……」

誰もいない部屋で呟いた。そうしてため息をついていると、みやびの声が廊下から聞こえた。

「出かけてきます」

†

みやびが向かったのは、松吉の暮らす長屋だ。同じ長屋に住むおみよに会いに来たのだ。

話が話だけに親のいないところで聞きたかったので、長屋の前の原っぱに出てきてもらった。

「出てきてもらって、ごめんなさいね」

みやびが謝ると、おみよは首を横に振った。

「大丈夫です。松吉ちゃんから聞いていますし」

子どもとは思えないほど、受け答えがしっかりしていた。松吉もそうだが、貧乏長屋の子どもは大人びていることが多い。親が忙しく、幼いころから家事を手伝ったりするからだろう。

「偉い拝み屋の先生なんですよね」

お世辞まで言うのだった。

「わたしは拝み屋のお手伝いよ」

否定してから、早速、質問を切り出した。

「昨日の夜中、どこに行ったの？」

おみよがきょとんとした顔になった。

「どこにも行っていません」

「え？」

今度は、みやびがきょとんとした。

「どこにも行っていない？」

「はい。夜は寝ています。今まで一度だって、長屋から出たことはありません」

それが、娘の返事だった。

†

いったん廃神社に戻り、夜を待って出直すことにした。松吉の話によると、音楽が聞こえたのが真夜中だったからだ。

時間が経つのは早いもので、何をすることもなく日が暮れた。丑三《うしみ》つ時が近くなったのを見計らって出かけようとしていると、ニャンコ丸が欠伸を嚙み殺しながら言ってきた。

「おみよの言う通りだな。夜は寝るものだのう」

やって来たのは、こいつだけではない。その隣に、もう一匹いた。

「ぽん太、おぬしもそう思わぬか？」

「うん。思う」

傘差し狸が即答した。そろって眠そうな顔をしている。仙猫と妖のくせに夜は寝るのだ。

「ついて来てくれって頼んだおぼえないんだけど」

言い返したが、こいつらのほうが口は達者であった。

「もの忘れの激しい年ごろかのう」

「もうお婆ちゃんだね」

腹立たしいにもほどがある。

「わたし、まだ十七歳だから」

花も恥じらうお年ごろである。睨みつけてやったが、撤回しない。なおも言いつのった。

「犬猫なら、かなりの年寄りだ」

「うん。そろそろ寿命だね」

誰が犬猫だ。誰が年寄りだ。誰が寿命だ。

「犬でも猫でもないからっ！」

全力で反論したが、効かなかった。

「それは残念だったな」

「気落ちしないでね」

なぜか、慰められている。犬猫じゃなかったことが残念だったのか。人間だと残念なのか。

「みやびのことはどうでもいいのう。行くぞ」

「急がないと、丑三つ時をすぎちゃうよ」

ニャンコ丸とぽん太が歩き出した。言いたいことを言って生きている。いつものことだが、やっぱり腹立たしい。

（こいつら……）

当てつけがましくため息をついてやったが、嫌なことばかりではなかった。

「夜道は危ないでござるよ」

やさしくて顔立ちのいい若い男が、すぐそばに来てくれたのだった。

「九一郎さま……」

胸が高鳴った。みやびは彼に好意を持っていた。気持ちを伝えたことはないし、彼がみやびのことをどう思っているのかも分からないが。

「一緒に行くでござるよ」

「でも、九一郎さま、身体の調子が――」

「ずいぶんよくなったでござる。たまには歩かないと、身体が鈍ってしまうでござるよ」

それに、と美貌の拝み屋は続ける。

「そもそも松吉どのは、拙者に頼みにきたのでござる。みやびどのに仕事を押しつけてばかりいられないでござるよ。仲間に入れてくだされ」

「は……はい」

頷くしかなかった。ニャンコ丸とぽん太はともかく、九一郎が一緒に来てくれるのはありがたかった。

江戸城から離れていて、役人が町に少ないということもあるのだろう。深川には、食い詰め浪人や破落戸《ごろつき》、臑《すね》に傷を持つ流れ者が溢れている。辻斬りも珍しくなかった。若い娘が手込めにされる事件も起こっている。

少し曇っていて、静かな夜だった。みやびたち一行は、人通りのない道をぞろぞろと歩いた。

しばらく歩いたところで、ふと思いついたように、ニャンコ丸が九一郎に聞いた。

「おぬし、刀を差しておらぬのか?」

確かに丸腰だった。そもそも、九一郎はあまり刀を持たない。

「刀は苦手でござるよ」

浪人風に着流しを着ているくせに、そんなことを言った。九一郎は穏やかな性格の持ち主で、争いごとを好まない。人を傷つける道具が嫌いなのだろうと、みやびは思っている。

「相変わらず、いい感じに腰抜けだのう」

「ニャンコ丸、九一郎さまに失礼でしょっ！」

みやびは慌てた。斬り捨てられても文句は言えない発言だ。いや、むしろ斬り捨てられて欲しい。

だが、九一郎はどこまでもやさしかった。

「みやびどの、怒らなくてもいいでござる。失礼じゃないでござるよ。ニャンコ丸どのの言うとおり、拙者、腰抜けでござるから」

「まあ、そういうことにしておくか」

自分から言い出したくせに、ニャンコ丸は話を適当に切り上げた。意味ありげな発言だが、聞き返す暇はなかった。

「ぽん太、先を急ぐぞ」

「うん」

さっさと先に行ってしまった。今に始まったことではないが、どこまでも身勝手である。

みやびは、九一郎と二人きりになった。しかし、それは束の間のことだった。前方で声が上がった。

「道を塞ぐなっ！　馬鹿者ども！」

「うん。邪魔」

ニャンコ丸とぽん太が騒いでいる。誰かを怒鳴りつけているようだ。

嫌な予感がした。危険がやって来た予感だ。逃げたほうがいい気がする。

(馬鹿者……ども？)

でも、遅かった。闇の中から、浪人らしき三人組が現れたのであった。

†

「おっと、女がいるぜ」

いきなり目をつけられた。獲物をさがして、夜の街を徘徊《はいかい》していたのかもしれない。

「ちょいと金と身体を貸してもらおうか」

物騒で品のない台詞を口にして、みやびに近づいて来た。あり金を奪った上に、手込めにするつもりだ。

少し前まで深川には、喜《き》十郎《じゆうろう》という破落戸の親玉のような男がいたが、ニャンコ丸やぽん太たちに懲《こ》らしめられて姿をくらましている。

親玉がいなくなって平和になったと言いたいところだが、悪党どもの世界の秩序が壊れたのか、縄張り争いが起こっているのか分からないが、喜十郎がいたころよりも町は荒れていた。

「わしを無視するとは、いい度胸だのう」

本猫の言葉を信じるなら、ニャンコ丸は唐土の仙猫であるらしいが、見た目は、普通の太った猫と変わりがない。たいていの人間は、この駄猫の言葉が分からなかった。浪人たちにも聞こえていないようだ。

「若造、おめえは銭を置いて消えな」

ニャンコ丸を見ようともせず、九一郎を脅しつけている。知らぬこととはいえ、命知らずである。九一郎の見かけは優男だが、妖すら退治する拝み屋だ。

実を言うと、強いのは拝み屋だけではなかった。恐怖の妖がそばにいた。ニャンコ丸が、そいつを唆した。

「ぽん太、浪人たちを退かせ。この世から消してしまってもよいぞ」

はったりではない。

地獄召喚

傘差し狸は、地獄を呼び出すことができた。見かけはニャンコ丸と甲乙つけがたい間抜けだが、その正体は恐ろしい狸であった。

ちなみに、ぽん太を呼び出したのは、みやびである。九一郎の真似をして真言を唱えたら出てきたのだ。しかし、いつの間にか、ニャンコ丸の舎弟になっていた。みやびの言うことは聞かない。

「うん。了解」

気軽に頷き、浪人たちに向き直った。そして、得意の台詞を口にした。

「おいらの傘に入らない？」

妖力の源だ。ぽん太は、傘を開いて地獄を召喚するのだった。

浪人たちは返事をしない。妖の言葉が分からないのだろう。ぽん太は、勝手に話を進める。

「じゃあ、特別に入れてあげるね」

恩着せがましく言って、浪人たちの返事を聞かずに傘を開いたのだった。

ぱらりんと音がした。

ぽん太が、術を始めた。

だが、何も起こらなかった。召喚したはずの地獄はやって来ない。

この場にいる全員が、ぽん太の傘を見ている。みやびを筆頭に、何とも言えない顔になった。

沈黙があった。

気まずい沈黙だ。

最初に声を発したのはニャンコ丸だった。

「穴が開いておるのう」

ぽん太の傘は壊れていた。茶碗を傘に載せたからだろう。破れてしまったらしく、拳くらいの大きさの穴が開いていた。

「今日は無理みたい」

ぽん太が傘を閉じた。

それを見てニャンコ丸が口を開いた。

「今日のところは、九一郎に手柄を譲ってやるとするかのう」

「うん。あげるね」

そそくさと九一郎の背後に隠れたのであった。いつもながら役に立たないふたりであった。普段なら任せても問題なかろうが、九一郎は病み上がりだ。無理をさせたくなかった。

だからと言って、みやびでは浪人を追い払うことはできない。剣術道場で生まれ育ったが、まともに稽古した記憶はなかった。

「娘、こっちへ来い!!」

浪人たちが言った。誰が行くものか。

「来なければ迎えに行くぞ!!」

みやびは、声が出ない。気が強いと言われることもあるが、まだ二十歳にもなっていない娘のことで、浪人たちが怖かった。膝が震えていた。

みやびが怯えているのを見て、浪人たちの笑みが大きくなった。

「世話の焼ける娘だ。迎えに行ってやろう」

男たちが近づいて来た。みやびを捕まえて辱めるつもりだ。

（大声を出して助けを呼ぼう）

と、思ったとき、どこからともなく三味線の音が聞こえた。

ちんとんしゃん
ちんとんとんしゃん

（もしかして……）

みやびは音の主をさがした。松吉の言っていたあれだと思ったのだ。

「どこを見てやがる？」

浪人たちが怪訝《けげん》な顔をしている。こんなに賑やかな三味線の音が、この連中には聞こえていないみたいだった。

「松吉どのの言うとおりだったようでござるな」

九一郎は言った。彼には聞こえているのだ。

浪人たちが、そんな九一郎に目を付けた。

「とりあえず男を斬っておくとするか」

「それがよかろう」

「おれに斬らせろ」

「いや、おれがやる！」

みやびを襲う話をしていたときより熱が入っていた。人を斬りたくて仕方がないのだろう。血に飢えた野良犬のような連中は、どこの町にもいる。

「全員で斬るとするか」

「ふ。それも面白そうだ」

人を斬りたがる浪人や破落戸は多い。仕官できない鬱憤《うっぷん》を暴力で晴らそうというのだ。

「では、参るか」

九一郎を斬ると決めたらしく、浪人たちが刀を一斉に抜いた。

「抜かるなよ」

「誰に言っている？」

「ふ。それもそうだな」

抜き身の刀をぶら下げるように持って、浪人たちがまた近づいた。野良犬のような目には、殺気と狂気が宿っている。

だが、怯えているのはみやびだけだった。

「音楽が聞こえてくるとは、長屋に行くまでもなかったのう」

「うん。手間が省けたね」

ニャンコ丸とぽん太はのんきだ。九一郎も音楽に気を取られていて、浪人たちを見てさえいない。眼中にないようにも見える。

「刀に血を吸わせてもらうぞっ！」

芝居がかった台詞を叫びながら、刀を振り上げた。

しかし、振り下ろすことはできなかった。浪人たちの動きを止めるように、三味線が再び鳴った。

ちんとんしゃん
ちんとんとんしゃん

それだけなら、浪人たちの動きを止めることはできなかっただろう。なんと、音に合わせて、暗闇の奥からしゅるりと糸が伸びてきたのだ。

そして、そのしゅるりは蛇のように動き、浪人たちの身体に巻きついた。

「な、な、何だっ!?」

「身体が動かねえっ！」

「か、金縛りかっ!?」

糸が見えていないようだ。そして、三味線の音も聞こえていない。つまり、これをやったのは――、

「妖のしわざでござるな」

九一郎がようやく言った。

「三味線の妖ですよね？」

みやびは聞いたが、九一郎の返事より先に叫んだものがいた。

「三味線だと!?　猫の敵だのうっ！」

ニャンコ丸である。ずっと聞いていたのに、三味線の音だと気づかなかったのか。適当に生きている駄猫らしさ全開であった。

言うまでもないことだが、三味線は猫の皮で作られることが多い。猫の一種であるニャンコ丸は、そのことに腹を立てているのだろう。

「成敗してくれるっ！」

雄叫びをあげて、暗がりに飛び込んだ。正体不明の妖と戦うつもりだ。

「ちょっと――」

　止めようとしたが、再び大声に遮られた。

「おいらの傘の仇っ！」

　今度は、ぽん太だ。三味線とまったく関係ない上に、自分で穴を開けたのに腹を立てている。穴を開けたことを忘れてしまったのか、因縁をつけるためにわざとやっているのかは微妙なところである。

「おいらの傘を壊したやつは許さないっ！」

　突っ込みどころしかない台詞を叫びながら、ぽん太がニャンコ丸の後を追ったのであった。

　闇の中で乱闘が始まった。妖なのに術を使っている気配はなく、どたばたと暴れている。ぽかぽかと殴る音が聞こえた。緊張感のない音だ。

　とばっちりを食らったのは、浪人たちだった。身体を縛られたまま乱闘が始まったものだから、操り人形のように振り回されている。手足が曲がってはいけない方向に動かされていた。

「痛《いて》えっ！　や、やめてくれっ！」

「助けてくれっ！」

「離してくれっ！」

最後の願いは叶った。浪人たちに巻きついていた糸が消えたのであった。振り回されていた糸が消えたのだから、たまらない。浪人たちは放り投げられたように吹き飛び、川に落ちた。

ぼちゃん、ぼちゃん、ぼちゃん、ぼちゃんと音がした。

†

「幸いなこと」

と言っていいかは分からないが、浪人たちが落ちた場所はそれほど深くなかったようだ。子どもの背丈ほども水深はなく、腰を抜かしたように座り込んだ姿勢でも、頭が川面から出ている。全身がずぶ濡れになっただけで溺れはしなかった。

怪我もしなかったみたいだが、見るからに気力が萎えている。こそこそと川から上がり、くしゃみをしながら帰っていった。みやびだけが、その姿を見ていた。かわいそうとすら思った。

こうして浪人たちはいなくなったが、騒ぎは続いていた。

「召し捕ったぞっ!!」

「うん。捕まえたっ!!」

勝ち鬨にも似た声を上げたのは、ニャンコ丸とぽん太だ。決着がついたらしい。

「助けておくれ……」

妖のものらしい弱々しい声も聞こえた。

みやびは、九一郎と顔を見合わせた。

「行ってみるでござる」

「は……はい」

おそるおそる歩み寄った。夜の闇は深いが、近づけば見える。

「三味線のお化け？」

みやびは呟いた。そこにいたのは、大きな三味線であった。しかも、手足と白い髭が生えている。ニャンコ丸とぽん太に乗っかられて苦しそうな顔をしていた。

「三味長老でござる」

九一郎が、妖の名前を言った。聞いたことがあった。付喪神《つくもがみ》だ。

諺《ことはざ》に沙弥《しゃみ》から長老にはなられずとは、沙弥渇食《かつじき》のいやしきより、国師《こくし》長老の尊《たつとき》にはいたりがたきのたとへなれども、是はこの芸《げひ》にかんのうなる人の此みちの長たるものと用ひられしその人の器《うつは》の精《せひ》なるべしと、夢の中に思ひぬ。

鳥山石燕《とりやませきえん》の『百器徒然袋』にそう書かれている。絵草紙にも取り上げられたことのある妖だ。

「害はないでござる」

九一郎に言われるまでもなく分かった。目の前に現れた三味長老は、ニャンコ丸とぽん太にいじめられているようにしか見えない。

みやびは、問いかけた。

「夜更けに音を鳴らしたでしょ？」

「ま……まさか、音が漏れていたのか……」

三味長老が、驚いている。わざとではないと言わんばかりだ。みやびは重ねて問うた。

「子どもたちが聞いたわ。誘い出して何をするつもり？」

「誘い出す？　そ、そんな真似はしておらん」

三味長老が答えると、またニャンコ丸が口を挟んだ。

「とぼけてはいかんのう」

何かを知っている口振りだ。

「子どもの皮を剝いで三味線を作るつもりだのう」

「お腹に穴を開けるんだね」

ぽん太が相槌を打った。

（また適当なことを）

ふたりをよく知るみやびは思ったが、真に受けたものがいた。

「ひぃ……」

三味長老だ。震えている。ニャンコ丸とぽん太の言葉が怖かったようだ。二匹は決めつける。

「子どもの血を啜《すす》るのだなっ！」

「腸《はらわた》を食べるんだね」

極悪非道だ。三味長老の悲鳴が止まった。

「…………」

見れば、気を失っている。妖が気を失うのかと驚いていると、九一郎が注釈を加えるように言った。

「楽器の付喪神はやさしいものが多いでござるよ。善良な妖でござる」

子どもの皮を剝ぐと聞いて、目を回したようだ。

「それでも妖か。情けないのう。人間の皮を剝ぐくらいのことはやれ」

仙猫は邪悪であった。楽器の付喪神よりも、ニャンコ丸を退治すべきなのかもしれない。そのほうがよっぽど平和になる気がする。

「三味長老とやらが気を失っているうちに、燃やしてしまうとするか。ぽん太、焦熱地獄を召喚しろ」

「無理。おいらの傘、壊されちゃったから」

自分で壊したことを頑なに認めない。三味長老のせいにしている。

「傘がなければ地獄は呼べぬな」

「うん。でも、火打ち石なら持ってる。これで火をつければいいと思うよ」

「かちかち山みたいだのう」

あの昔話で成敗されるのは、狸ではなかったか。ニャンコ丸は自分の言葉を気にせず、ぽん太に命じた。

「しょぼいが、それで燃やすしかあるまい。火打ち石を叩け」

「了解」

物騒な方向に話がまとまった。冗談みたいな顔をしている二匹だが、やることは危ない。本気で付喪神を燃やすつもりだ。ぽん太が火打ち石を取り出した。

当たり前だが、こんなところで火をつけてはならない。三味長老がかわいそうだし、大火事の原因になりかねない。

「ちょっと――」

止めようとしたときだ。どこからともなく新しい声が聞こえてきた。

「燃やさないでおくれ」

「勘弁してくれぬか」

「頼む」

情けない声だった。そして、音楽が鳴り始めた。

どんしゃんぺん

どんしゃんぺん

賑やかで気持ちが浮き立つような音色だったが、ニャンコ丸とぽん太には効かなかった。

「うるさいのう」

「迷惑だね」

舌打ちして、うんざりとした顔を見せた。その表情で暗闇の向こうを脅した。

「もったいぶってないで、とっとと出て来い。早く姿を見せぬと、三味長老とやらを燃やすぞ」

「うん。燃やす。すっごく燃やすよ」

ぽん太が、火打ち石をかちかちと打った。火花が散り、今にも火が付きそうだ。

音楽が止まり、声が叫んだ。

「待ってくれっ！」

闇の奥から、いくつもの影が浮かび上がった。それは、手足の生えた大きな楽器たちだった。

何ものなのかは見れば分かる。鉦五郎《しょうごろう》、琴古主、琵琶牧々である。鉦五郎は、鉦《しょう》鼓《こ》（金属製の打楽器）の付喪神だ。どれも、年季が入って古びている。

「ガラクタが増えたのう。面倒くさい」

「こんなに燃やせるかなあ。本当、面倒だね」

ニャンコ丸とぽん太が、柄悪く舌打ちした。

「とりあえず燃やせるだけ燃やすとするかのう」

「そうだね」

狸が、再び火打ち石を打とうとする。付喪神たちは右往左往するばかりで、不器用に転んだりしている。

ぽん太を止めたのは、それまで黙っていた九一郎だ。

「やめるでござる」

と、火打ち石ごと傘差し狸の手を摑んだ。

だが、ニャンコ丸は納得しない。言い聞かせるような口振りで、九一郎を説得にかかった。

「悪妖怪は退治してしまったほうがいいのう」

それならば、真っ先にニャンコ丸は退治されるべきである。九一郎は反論する。

「悪妖怪ではないでござる」

「子どもたちを拐かそうとしたではないか」

その言葉に反応したのは、鉦五郎だ。

「そんな真似はしておらぬぞ。信じて欲しい」

三味長老も否定していた。

「では、なぜ音楽を奏でて、子どもを誘い出したのだ?」

みやびの聞きたいことでもあった。

「音を出したつもりはなかったのだよ」

鉦五郎が、力なく答えた。琴古主や琵琶牧々も、がっかりしたように項垂れた。

「どういうこと?」

「この世は、人間のもの。力のない付喪神は、こっそりと暮らすものぞ。我々も、人に見つからぬように静かにしておった」

しかし、この連中は楽器の付喪神だ。演奏をするのが、彼らの本性だった。楽器を鳴らせば音が出るのは当然だ。でも、それでは、人間たちの耳に届いてしまう。

「妖力で音を消しておったのだ」

術を使っていたということだろうか。

「だが、我々も老いた。満足に術を使うこともできなくなってしまったのだ」

古いほど強い妖力を持ちそうなものだが、妖にも寿命がある。歳月を経て妖力が弱くなることは珍しくなかった。

そして音が漏れた。大人より、子どものほうが耳が敏い。特に、おみよは鋭かったのだろう。付喪神たちの音楽を聴いて、誘われるように、ふらふらと出歩いた。

夢遊病とでも言おうか。実際、目を覚ますと何もおぼえていなかった。

「悪気なくやっておるのなら、さらに危険であろう」

もっともな指摘だ。意図せず子どもを誘い出すのだから。

「異国では、男が笛を吹いて子どもたちを連れ去った事件があったのう」

百三十人もの子どもが消えたという。どこまで本当か分からないが、恐ろしい話である。ニャンコ丸は続ける。

「こやつらがいるかぎり問題は解決せぬぞ。楽器の付喪神に音を出すなというのは無理だのう」

「うん。絶対、無理」

一理ある。音楽が聞こえれば、おみよのような子どもは誘い出される。子どもが、夜中に出歩き続ける。妖力が衰えてしまったのなら、もう音を消すこともできない。

「他の町に行ってもらうか」

ニャンコ丸は提案するが、根本的な解決にはならない。他の町の子どもたちが出歩くようになるだけだ。山奥に行けばいいようなものだが、楽器の付喪神は町に棲むものだ。

「人に迷惑はかけたくない」

「ひっそりと楽器を奏でたいだけだ」

「人の耳に届かずに、演奏できる場所はないものか」

付喪神たちが、口々に言った。とにかく演奏をしたいだけのようだ。だが町中で、そんな場所があるとは思えない。

それらの言葉を聞いて、九一郎が呟いた。

「こうなったら仕方ないでござる」

何かを決心したようだ。さっきまでと声の感じが変わっている。不安に襲われ、みやびは声をかけた。

「九一郎さま――」

拝み屋は返事をせず、柏手を打って印を結んだ。そして、呪文のような言葉を唱え始めた。

オン・アボキャ・ベイロシャノウ
マカボダラ・マニハンドマ
ジンバラ・ハラバリタヤ・ウン

光明真言《こうみょうしんごん》だ。これを誦《しょう》すると、仏の光明を得てもろもろの罪報を免れると言われている。庶民でも、これを唱える者は多い。

拝み屋である九一郎は、これを唱えて妖を呼び出すことができた。今までに何度か見ている。

「な、な、なんだっ!? 地べたが動いておるぞっ!!」

「うん、動いてるっ！ 地べたが、モコモコしているよ！」

ニャンコ丸とぽん太が、モコモコから逃げるように飛び退いた。二匹の言うことは本当だった。土の中を何かが移動している。モコモコ、モコモコと地べたを掘りながら、こっちに向かってくる。

「おぬし、モ、モ、モグラを呼んだのかっ!?」

ニャンコ丸が怯えている。仙猫のくせに、モグラが怖いのか。まあ、確かに巨大なモグラなんて想像するだに恐ろしい。

だが、モグラではなかった。拝み屋がそんなものを呼ぶはずがないのだ。

「ぼんっ!!」

と、火山が爆発するように地べたが噴き上がり、屋根ほどの背丈のある骸骨《がいこつ》が現れた。

「狂骨《きょうこつ》ではないか」

ニャンコ丸が目を丸くした。現れたのは、骸骨の妖であった。

狂骨は井中の白骨なり

鳥山石燕の『今昔百鬼拾遺』では、そんなふうに紹介されている。ただ、詳細な説明はなく、謎の多い妖だった。

モグラでないと知って落ち着いたらしく、ニャンコ丸とぽん太がもとの調子に戻った。

「付喪神を退治するのだな」

「殺《や》っちゃうんだね」

九一郎は二匹を見もせず、狂骨に話しかけた。

「分かってるな」

氷のように冷たい声だった。前にも、この声を聞いたことがあった。呼び出した妖に話しかけるとき、九一郎はこんな話し方になることがある。

「お任せください」

狂骨が、下僕のように答えた。これも、いつものことだ。一部例外はあるが、妖たちは九一郎に従順だった。

「では、始めてくれ」

「御意」

狂骨が、楽器の付喪神たちに迫る。この大きさだ。その気になれば、付喪神など簡単に踏み潰してしまうだろう。

危険を察知したらしく、鉦五郎、琴古主、琵琶牧々が騒ぎ出した。

どんしゃんぺん
どんしゃんぺん
ちんとんしゃん
ちんとんしゃん

狂骨が迫っているというのに、音を出すことしかできないようだ。戦うことに向いていないのだろう。みやびは見ていられなくなった。

「九一郎さま――」

止めてもらおうとしたが、九一郎は首を横に振った。

「心配ないでござる」

やさしい口振りに戻っていた。それだけで気持ちが落ち着いた。

視線を戻すと、狂骨が付喪神たちに手を伸ばすところだった。

「ぎゃあっ！」

悲鳴が上がった。狂骨の腕がぐにゃりと変形し、骨製の鳥籠のようになった。

「暴れるな。おとなしくしろ」

その鳥籠に付喪神たちを入れたのだった。何をどうやったのか、三味長老までもが捕らえられていた。

「ふむ。大川に沈めるのだな」

「水責めだね」

ニャンコ丸とぽん太は、相変わらず物騒だ。そう言われると、実際に沈めてしまいそうな気になる。

普通の妖なら川に沈められても平気だろうが、相手は楽器の付喪神である。駄目になってしまう気がする。

（九一郎さまは、ひどいことをしない）

みやびは信じていたが、九一郎の口から飛び出したのは意外な台詞だった。

「当たらずといえども遠からずでござる」

やさしいはずの九一郎が、物騒なニャンコ丸とぽん太に同意したのだ。驚いていると、
ぼこり——

——と、地べたが盛り上がった。

「もう一四、狂骨を呼んだのかのう？」

みやびもそう思ったが、土中から出てきたのは妖ではなかった。

「井戸……？」

それも、古びた井戸だった。かなりの大きさがある。大人五人くらいが一度に入れそうだ。

「涸れ井戸でござる」

九一郎が答えた。江戸にはたくさん井戸があるが、水の出なくなったものも少なくなかった。

そんな井戸は、人々に忘れ去られてしまう。

人は、簡単に〝なかったこと〟にしてしまう。

その井戸を見ながら、九一郎が再び言った。

「狂骨は、井戸に棲む妖でござる」

「なるほどのう」

「そういうことか」

ニャンコ丸とぽん太が、九一郎の言葉に深く頷いている。狂骨がこれから何をしようとしているのか分かったようだ。

狂骨が井戸に付喪神たちを下ろした。

「きさまらにその井戸はくれてやる」

付喪神たちに言っているようだ。

「くれてやる?」

みやびは、まだ分からない。すると、ニャンコ丸とぽん太が面倒くさそうに解説を加えた。

「深い井戸の底なら、町まで音が聞こえることもなかろう」

「うん。好きなだけ騒げるよ」

「それは――ありがたい。誰にも迷惑をかけずに、音を出すことができる」

琴古主が嚙みしめるように言った。他の付喪神たちも小さく頷いている。

（そういうことか）

やっと理解できた。狂骨の井戸は深い。ここで付喪神たちが演奏しても、音楽は長屋のほうまで届かないだろう。子どもたちが誘い出されることもない。

「でも」

みやびは、寂しい気持ちになっていた。これでは、付喪神たちが井戸に閉じ込められたようなものだ。奏でる音楽は、誰にも届かなくなってしまう。

「おぬしは考えすぎだのう。連中はよろこんでおるぞ」

ニャンコ丸の言葉が合図だったかのように、井戸の底から付喪神たちの奏でる音楽が聞こえてきた。妖の奏でる音楽だ。

ちんとんしゃん
ちんとんしゃん

幸せそうに音楽を奏でている。付喪神たちは、人を傷つけることなく演奏できて満足なのかもしれない。
みやびは、その音を聴いていた。

第二話　烏天狗

秀次《ひでじ》は、深川一帯を縄張りにする岡っ引きだ。まだ二十歳をすぎたばかりだが、捕り物の腕はよく、町人たちからの評判もいい。

親しまれているというと聞こえがいいが、ややもすると軽く扱われている節があった。

二つ名にしてもそうだ。いつも懐《ふところ》に銀狐を入れているところから、深川では、

「狐の親分」

と、呼ばれている。道を歩いていると、懐の銀狐の頭を触りたいと言ってくる者がいた。まるで怖がられていない証拠だ。

また、まだ独り身だということもあり、女房を世話しようとする町人が後を絶たなかった。秀次に惚れている娘も、一人や二人ではない。毎日のように恋文をもらっていた。

しかし、秀次は断り続けている。町で評判の小町娘に言い寄られても、恋文を受け取ったことさえない。

「気持ちだけもらっておくぜ」

やんわりとだが、きっぱりと返事をするのが常だった。町の有力者から縁談を持ち込まれても、返事は変わらない。

そうかと言って、女遊びをすることもなかった。ついでに加えると、女嫌いというわけではない。

秀次が女を寄せ付けない理由を知っている町人もいた。道を歩くと、秀次の噂が聞こえてくる。

「狐の親分には、思い人がいるんだよ」

「女がいるのか？　だったら、さっさと女房にしちまえばいい」

「そんな簡単な話じゃねえんだ」

「どういうことだ？」

「狐の親分の片恋《かたこい》さ」

「なんでえ。相手にされてねえのか」

「だらしねえな」

「まったくだ」

ため息をつかれている秀次であった。恋路の心配までされている始末だった。

この日、秀次は九一郎とみやびの住む廃神社に向かっていた。用事があって行くわけではなく、呼ばれたのだ。

「助けて欲しいんです」

と、伝言を受け取った。みやびからだった。娘の身に困ったことが起きているようだ。

このみやびこそが、秀次の惚れた女だった。頼られたのだからよろこぶべきだろうが、どうにも腑《ふ》に落ちなかった。

「おれが助ける？　あり得ねえだろ」

自分を卑下しているわけではない。みやびのそばには、あの九一郎がいる。家柄もよく、頭も切れる。役者と見紛うほど顔もいい。その上、性格も悪くない。

さらに言えば、拝み屋としても一流だ。恐ろしい妖を退治する。誰がどう考えたって、秀次より役に立つ。頼りになる。

詳しい事情を聞きたかったが、伝言を持ってきたのは松吉だ。拝み屋に妖がらみの事件を解決してもらったお礼を言いに行ったところ、伝言を頼まれたようだ。

松吉はしっかりしているが、しょせんは八歳の子どもだ。松吉自身も詳しい話を聞いていないらしく要領を得なかった。

「みやびさまは慌てておりました」

松吉は言っていたが、ますます分からない。

秀次が首をひねっていると、懐から銀狐のギン太が顔を出して鳴いた。

「こん……」

自分にも分からないと言っているようだ。ギン太は、寂れた神社に棲み着いていた妖狐だ。妖力を持っているし、頭もいい。そのギン太が分からないのだ。秀次に分かるはずがなかった。

「まあ、いいや。行ってみりゃあ分かるだろ」

†

九一郎とみやびの暮らす廃神社は、十万坪の先にある。

秀次とギン太は、十万坪を通りすぎた。やがて鳥居が見えたが、そのそばにみやびが立っていた。やって来るのを待っていたようだ。秀次を見つけるなり駆け寄ってきた。

「助けてください」

と、すがりつくように言ったのだった。

みやびらしくなかった。両親を亡くした上に家を焼かれるという不幸を経験したときだって、秀次にすがりつくような取り乱し方はしなかった。涙を流して泣きはしたが、武士の娘らしく痛みに耐えていた。

だが、このときのみやびは余裕がなかった。取り繕おうとさえしていない。見るからに睡眠不足で、前に会ったときよりも窶《やつ》れている。

みやびが武士の娘なら、秀次は親子代々の御用《ごよう》聞きだ。揉め事には慣れているし、勘働きもすぐれている。

(九一郎さまに何かあったんだな)

ぴんときた。果たして正解だった。秀次が聞くまでもなく、みやびは訴えた。

「九一郎さまの熱が下がらないんです」

五日前、みやびと九一郎は、付喪神がらみの事件に巻き込まれた。どこからともなく音楽が聞こえ、子どもが夜更けに出歩くという事件だという。松吉が持ち込んだ事件らしい。

絵草紙にありそうな雲を摑むような話だが、九一郎にかかると御伽噺《おとぎばなし》では終わらない。

「九一郎さまが、狂骨を呼んで解決しました」

「狂骨……。そうか……」

他に言いようがない。信じられない話だが、秀次は事実だと知っている。九一郎は、普通の人間とは生きている世界が違うのだ。妖を呼び出し、手下として使う。

みやびもその世界に慣れつつあるらしく、それ以上、狂骨に触れることなく話を続けた。

「でも、その帰り道に倒れてしまったんです」

「倒れた？　あの九一郎さまが？」

「はい。どうにか神社まで帰ってきたんですが、その後は、ずっと眠り続けているんです」

「疲れただけじゃねえのか？」

拝み屋のことはよく分からないが、妖を呼び出すほどの術を使うのだ。消耗しそうな気がする。体力も気力も使うだろう。

だが、みやびは首を横に振った。

「わたしもそう思って一晩様子を見たのですが、朝になったら熱が出ていたんです」

「熱？　まだ下がらねえのか？」

「は……はい。どうすればいいのか分からなくて……」

「医者には診せたのか？」

「はい」

　みやびが、再び頷いた。

「薬ももらったんですが、飲ませても熱は下がらないんです」

「ずっと下がらねえのか……」

　秀次は腕を組んだ。五日間も熱が下がらないのは、確かに、ただの疲れではないだろう。みやびが心配するのも当然だった。

　本人に自覚があるかは分からないが、みやびは九一郎に惚れている。秀次にしてみれば恋敵だけれども、放っておくことはできない。

「事情は分かった。九一郎さまは寝てるんだな」

「はい。奥の部屋にいます」

「一人か？」

「ニャンコ丸が一緒にいます」

　ぽん太は、傘の修理に出かけているという。言われてみれば、いつもより静かだ。

「顔を見てきてもいいか」

「はい」

秀次は医者ではないが、お役目柄、普通の町人たちよりも知識があった。謎の死体を見なければならないことがあるからだ。また、医者の知り合いも多い。

「じゃあ、九一郎さまの様子を見せてもらおうか」

†

秀次は、一人で九一郎の寝ている部屋に行った。廃神社の中に入るのは初めてだったが、きちんと片付けられていた。みやびが掃除をしているのだろうか。

九一郎は、血の気のない顔をしていた。もともと色白の顔が、さらに白くなっている。息をしていなければ、死んでいると思っただろう。

「邪魔するぜ」

そう声をかけて秀次が入っていくと、九一郎が布団の中から呟いた。

「親分……」

うなされているような声だった。熱が辛いのか、ひどく掠れている。

「これ、しゃべるでない。死んでしまうぞ」

ニャンコ丸が九一郎に注意した。冗談には聞こえない。九一郎は、今にも息が上がってしまいそうだった。

「医者を呼ぶか？」

「もう呼んだが、役に立たなかったのう」

返事をしたのは、唐土の仙猫だ。秀次も、その話は聞いていた。ニャンコ丸が続ける。

「そこらの医者に治せる病ではないのだ」

何かを知っているような口振りだった。秀次は眉を上げた。

「何の病か分かるのか？」

「ふん。当たり前だ」

と、鼻を鳴らした。そっくり返りそうな勢いで胸を張っている。見た目はブサイクなデブ猫だが、仮にも唐土の仙猫である。秀次の知らないことを知っている可能性もある。

「何の病だ？」

「教えて欲しいか？」

「ああ」

「どうしてもと言うなら仕方ない。教えてやらぬこともないのう」

前置きが長い。もったいぶってから、ようやく返事をした。

「妖熱《あやかしねつ》だ」

聞いたことがなかった。

「それは何だ？」

「妖に関係する者がかかる病だのう」

この返事では、何の説明にもなっていない。それでも、尋常な病ではないということは分かった。

「妖熱だってことを、みやびには話したのか？」

「いいや。わしもさっき気づいたばかりだのう」

なぜ気づいたのかは言わなかった。秀次が聞いても分からないことかもしれない。ニャンコ丸の顔を見たが、潰れた鞠のような見かけからは、何を考えているのか不明だ。

「みやびに話さないつもりか？」

「どうしたものかのう。まあ、おぬしの好きにするがいい」

無責任な返事であった。話しても心配させるだけかもしれないが、黙っている問題でもあるまい。

「みやびに話そう」

と、秀次は決めた。

†

ニャンコ丸を連れて、みやびのいる部屋に戻った。そして、妖熱のことを話して聞かせた。

秀次は気を使ってしゃべったが、ニャンコ丸は単刀直入であった。

「普通の医者では治せない病だのう」

「そんな……」

みやびの顔が真っ青になった。今にも倒れそうだ。秀次は慌てた。

「気をしっかり持て！　大丈夫だ！　普通じゃねえ医者を知っている！　妖熱を治せそうな医者に心当たりがある！」

「心当たり……ですか？」

「ああ。そうだ。腕のいい医者を知っている」

言い聞かせるように言うと、みやびの声が跳ね上がった。

「だったら、そのお医者さんを――」

「分かってる」

秀次は遮った。慌てていたせいで、話す順番を間違えたようだ。

「今すぐに呼ぶのは無理なんだ」

「無理？」

みやびに聞き返された。すると、秀次が返事をするより早く、ニャンコ丸がまた口を挟んだ。

「大金がかかるのだな」

一切を承知しているという顔をしている。だが、何も分かっていなかった。

「腕のいい医者を頼むには、大金が必要だからのう」

「そうじゃねえ」

秀次は首を横に振った。

「金の問題じゃないんだ。その医者は、貧乏人から金は取らねえ。金に興味がない医者なんだ」

「金に興味がないとは、おかしなことを言うのう。しかも、妖熱を治せるのだと？

どんな男なのだ？」

ニャンコ丸が興味を持ったらしく、秀次に聞いてきた。

「男じゃねえ。樟山《くすやま》イネ。みやびと同年配の女だ」

「ほう。娘の医者か。珍しいのう」

この時代、女の医者は珍しい。まあ、産婆がいるくらいだから、まったくいないわけではないが。

「イネの父親も医者だ」

「では、その父親に診せたほうがよいのではないのか？ それとも、父親のほうは腕が悪いのか？」

「父親も腕はいい。ただ、江戸にはいない。娘を放り出して、長崎《ながさき》の出島《でじま》で異人の医者の手伝いをしているそうだ」

秀次は事情を話した。

「異人……」

みやびが、困ったような顔で呟いた。異人など見たこともないのだろう。どう反応したらいいのか分からないという顔をしている。

秀次だって異人のことなど知らないが、岡っ引きという役目柄、ある程度の知識はあった。

「イネは、その父親から異国の本とやらをもらって勉強したって噂だ」

異国とのやり取りが禁じられている世の中だが、こっそり書物を手に入れる者はいる。勉強熱心な医者は少なからず存在した。そんな医者を召し抱える大名家もいるくらいだ。

「異国のほうが進んでおるからのう」

ニャンコ丸が言った。知ったかぶりをしているようでもあるが、こいつ自身、異国の仙猫だった。秀次やみやびよりも、異国のことを知っているはずだ。

「そやつは妖熱を治せるのか？」

「可能性はある」

秀次は用心深く答えた。断言することはできないので、知っていることを話して聞かせた。

「イネは、人だけじゃなく馬や牛の病も治す。死にかけた猫を元気にしたこともあるくらいだ」

「ほう。猫を助けるとは、見どころがあるのう」

ニャンコ丸は感心する。

もちろん馬や牛、猫の病を治せたところで、九一郎を助けることができるかは分からないが、他に頼る相手が思い浮かばなかった。

「イネさんを連れてきてください」

みやびに改めて頼まれた。そうしてやりたいのは山々だが、頷くことはできない。

「さっきも言ったが、すぐには無理だ」

「どうしてですか？」

「いなくなっちまったんだよ」

今度こそ順序立てて話そうとしたが、ニャンコ丸が邪魔をした。

「さらわれたのか？」

「いや、勝手にいなくなったんだ」

「勝手に？」

「そういう人なんだ。ぶらりと出かけて、一月、二月と帰って来ねえ」

「何をやっておるのだ？」

「薬草を摘んで、自分なりに調合しているんだとよ」

「熱心な医者だのう」

間違ってはいないが、正しくもない。熱心などという当たり前の言葉では説明できない娘なのだ。

「イネは『薬ぐるい』なんだ。薬に目がない」

「何やら危なそうな医者だのう」

秀次は否定しなかった。

「興味を持つと夢中になっちまうんだ。薬の調合にしたって、薬草だけじゃなく虫や獣の肝も使う」

「つまり、変わり者だな」

ニャンコ丸が決めつけた。

「まあ、そういうこった。普段からその調子だから、誰もイネの居場所を知らねえんだよ」

そこまで話を聞いたところで、みやびが立ち上がった。

「わたしがさがしてきます！　イネ先生をさがしてきます！」

いても立ってもいられなくなったのだろう。廃神社から出ていこうとする。

「待て」

秀次は止めた。

「どこをさがすつもりだ？」

「そ、それは……」

みやびは答えられない。今までイネのことを知りもしなかったのだから、さがすあてなどあろうはずがなかった。

「座れ。おれの話を最後まで聞くんだ」

命令するように言った。強く言わないと聞かないと思ったからだ。少し口調を和らげて、みやびに言い聞かせるように言った。

「今、ギン太がさがしている」

「え？」

みやびが目を見開いた。さっきからギン太が姿を消していることに気づかなかったようだ。

「ぽん太も一緒だのう」

ニャンコ丸が付け加えた。帰って来て、ギン太を追いかけていった。

「あやつに任せておけば大丈夫だのう」

「大丈夫って……」

みやびは不安そうだ。

その気持ちは分かるが、ぽん太はともかくギン太は江戸に何百年も棲んでいるのだ。人をさがすことくらい簡単にできるだろう。

「狐と狸の大江戸捜査網だのう」

ニャンコ丸は面白がっていた。

†

ギン太は、秀次と出会うまで神社で暮らしていた。その前のことはおぼえていないが、家康《いえやす》が幕府を開く前から江戸にいる。この土地にいるほとんどの妖のことを知っていた。

だが、最近、知らない妖が現れた。

「おいらの傘に入らない？」

傘差し狸のぽん太である。道化のような見かけだが、この狸は侮れない。江戸で二番目に強い妖のような気がする。ぽん太が本気で術を使ったら、江戸は壊滅するだろう。言うまでもないことだが、ギン太よりも強い。かなり強い。

でも、あまり賢くはないみたいだ。空気も読めない。聞いてもいないことを、べらべらとしゃべり続けている。

「おいら、傘がないと困っちゃうんだ」

それはそうだ。傘がなければ、ただの狸である。

「その傘に穴が開いちゃったんだよ」

不幸に見舞われたような言い方をしているが、ぽん太は傘を雑に扱う。お茶を載せたり、孫の手代わりに使ったり、チャンバラをやってみたりと、自分で穴を開けたに決まっている。

「それで修理して来たんだ。ちゃんと直ったから、もう使えるよ。ギン太も傘に入れるんだよ。よかったね」

何がよかったねだ。遊んでいる場合じゃないだろう。真面目なギン太は、むっとした。ぽん太ときたら、一刻も早くイネをさがさなければならないのに、分かっていないみたいだ。

「こんっ！」

説教してやった。

でも、狸に狐の言葉は通じなかった。

「いいよ。入れてあげる」

自分の都合のいいように解釈したのであった。そして、傘を開き、ギン太のしっぽを摑んだ。

「こ、こんっ！」

逃げようとしたが、無理だった。しっかりと摑まれていた。

「じゃあ、飛ぶね」

とんでもないことを言った刹那《せつな》、
ぴゅるり――

――と、風が吹いた。

傘が飛ばされ、ぽん太と一緒にギン太も宙に舞った。謎の突風に吹き飛ばされたのであった。

†

江戸の町には、箱根《はこね》のような深い山はない。

だが、その一方で鬱蒼とした雑木林があった。そんな雑木林の中に入ると、森に迷い込んだ気持ちになる。

ギン太とぽん太が飛ばされて来たのは、そんな雑木林の一角だった。鬱蒼とした木々のせいで、昼間なのに暗かった。普通の雑木林より広く感じた。人間であるみやびや秀次なら、

(気味が悪い)

と、思うような場所である。よほどの用事がないかぎり、人間たちは近寄らないだろう。打ち捨てられた墓場のような陰気な雰囲気が漂っている。

「やっと着いたよ」

ぽん太の傘が着地した。ギン太も地べたに降りた。周囲には、木々が生い茂っている。ぽん太が、それを見て言った。

「木が邪魔だね。焼いちゃおうか」

冗談みたいな顔をしているが、たぶん本気だ。本気で焼き払おうとしている。

「焦熱地獄を呼ぼうかなあ」

焦熱地獄とは、極熱で焼かれ焦げる地獄のことだ。殺・盗・邪淫・飲酒・妄語の罪を作った者が落ちると言われている。豆粒ほどの地獄の炎を地上に持ち込んだだけで、この世のすべてが焼き尽くされるとも言われていた。

そんなものを召喚されては、何もかもが灰になってしまう。もちろん秀次も死んでしまう。

「こんっ！」

ギン太は止めた。今度は、ちゃんと通じたらしい。

「焦熱地獄は駄目なんだね」

「こん」

大きく頷くと、ぽん太が新しい提案をした。

「じゃあ、凍らせる？」

八寒地獄を召喚するつもりか。江戸が、氷の町になってしまう。それも駄目だ。暑い寒いの問題ではない。

「こんこんっ！」

ギン太が首を横に振ると、ぽん太がため息をついた。

「わがままだねえ」

腹の立つ言い草だ。口の利き方を知らなすぎる。本腰を入れて説教してやろうと、向き直ったときだ。

「こん？」

雑木林の奥に明かりが見えた。鬼火や狐火《きつねび》の類ではなく、窓から漏れる行灯《あんどん》の光みたいだった。

こんなところに家があるわけはない。たぶん、迷《まよ》い家《が》というやつだ。迷い家とは、山中に現れる幻の家のことだ。

日本各地で目撃されていて珍しいものではないのだが、場合が場合だ。いかにも意味ありげだった。

案の定、ぽん太が言った。

「イネって人は、あそこにいるね」

断言したのだった。ふざけた狸だが、妖力は本物だ。ぽん太が言うからには、本当にいるのだろう。

(それで傘はここに飛んできたのか)

適当に飛ばされたわけではなかったのだ。納得していると、ぽん太が再び口を開いた。

「おいら、みやびたちを呼んでくる」

言うが早いか、傘を開いて飛んでいってしまった。

†

ギン太は、出しゃばりではない。

秀次のことは好きだが、みやびや九一郎はどうでもいい。ニャンコ丸やぽん太は、もっとどうでもいい。

樟山イネの居場所が分かったのだから、もう仕事は終わりだ。秀次に頼まれた以上の仕事をするつもりはなかった。

（ぽん太たちが戻ってくるまで昼寝でもしてよう）

欠伸をして、適当な場所で丸くなった。本気で寝るつもりで目を閉じたのだが、すぐに起こされた。

「カァー、カァー、カァー――」

烏《からす》の鳴き声が聞こえたのだ。

雑木林なのだから烏がいても不思議はないが、鳴き声が近すぎる。何羽もの気配を感じた。

ギン太は、目を開けた。そして、ぎょっとした。いつの間にか、数え切れないほどの烏たちが上空を飛んでいたのであった。

何十羽、もしかしたら百羽。ギン太を包囲するように宙を舞っていた。鳴き声には敵意があり、明らかに狙われている。

「こん……」

ギン太は、身の危険を感じた。一羽や二羽なら負けはしないが、ここまでたくさんの鳥を倒す自信はなかった。

そもそも、鳥は凶暴だ。子狐を襲って食べてしまうこともある。成狐でも手を焼く相手だ。空から襲いかかってくるのも始末が悪い。

(逃げよう)

決心したが、ちょいとばかり遅かった。

「カァーッ」

鋭い鳴き声とともに、鳥たちが襲いかかってきた。頭や尻を嘴《くちばし》で突《つつ》かれた。痛すぎる。ギン太は涙目になった。逃げ場をさがしたが、鳥に囲まれている。身体を隠す場所まで行くのも大変そうだ。また、そんな暇もなかった。

「こん……」

「カァーッ!!」

一番大きな鳥が、ギン太に向かって突っ込んできた。嘴が尖っていて、目玉を狙われている気がした。

あの嘴で突かれたら、目玉が潰れて後頭部まで貫通しそうだ。ひとたまりもないだろう。妖だって怪我をするし、死ぬことだってあるのだ。

ギン太は、勇敢な狐ではない。喧嘩は嫌いだ。どうしようもなくなって、目をつぶってしまった。

その瞬間のことだった。怒鳴り声が響いた。

「わしの子分に手を出すでないっ！」

聞きおぼえのある声だ。おそるおそる目を開けると、ニャンコ丸がそこにいた。ギン太を襲おうとした大烏が、呆気にとられて仙猫を見ている。その隣には、ぽん太がいた。

「助っ人を連れてきたよ」

恩着せがましく言った。

だが、ギン太が感じたのは絶望だった。

（この世で一番役に立たないのを連れて来た）

ニャンコ丸への評価は、地べたにめり込むほど低い。口は達者だが、態度がでかいだけで役に立たない。性格だって最悪だ。

唐土の仙猫は、ギン太の絶望に気がつかない。臆することなく、鳥たちを脅しつけた。

「焼き鳥にして食ってやろう」

すかさず、ぽん太が口を挟む。

「鳥って美味しいのかなあ」

「分からぬ。わしも食ったことがないのう。旨そうな見かけではないしな。だが、ものは試しと言うではないか」

「そうだね。じゃあ、焼いてみるね」

ぽん太が傘を開いた。焦熱地獄を召喚するつもりなのだろう。

ギン太は止めたかった。鳥どころか、この世のすべてが灰になってしまう。

でも、その必要はなかった。ぽん太が傘を開いた途端、ひゅうと音が鳴った。そして、傘に穴が開いた。

「え……」

ぽん太が目と口を大きく開いた。あまりの出来事に驚き、声も出ないようだ。その傍らで、ニャンコ丸は平然としている。

「誰かが石を投げたようだな」

　他人事のように言ったのだった。

　その誰かは、すぐに分かった。野太い声が、頭上から降ってきたからだ。

「おれさまの縄張りで何をしておる」

　顔を上げると、なんと、烏天狗《からすてんぐ》が木のてっぺんに立っていたのであった。


　天狗について書かれた書物は多い。例えば、『天狗経』だ。この書物によると、天狗は日本中の山に棲んでおり、その数十二万五千だという。

　烏天狗はその一種で、鷹《たか》とも鳶《とんび》とも見える容貌をした、半人半鳥の妖だ。両脇に羽根があり、空を自由に飛びまわる。山伏装束に身を包んでいた。

　剣術の達人という伝説もあり、それを証明するように腰に刀を差していた。眼光も鋭い。武闘派の妖だ。

「おいらの傘が……」

　ぽん太が泣きべそをかいている。傘差し狸は強い妖力を持ってはいるが、傘がなければ何もできない。控え目に言って、役立たずだ。

「おれさまの質問に答えろ」

　烏天狗が、木のてっぺんから飛び降りた。人間ならば墜落死する高さだが、羽根を使うことさえせずに着地した。さすがに身が軽い。そして、地べたに降りても威圧感があった。

「誰に断って、ここに入ってきた?」

当然の質問だった。ここが烏天狗の縄張りなら、ギン太たちのほうが悪い。これ以上、刺激しないほうがいい。逆らわないほうがいい。

とりあえず謝ろうとしたが、邪魔をされた。

「馬鹿なことを聞くな! この世のすべては、猫大人の縄張りだ。烏天狗ごときに文句をつけられる筋合いはないのう」

ニャンコ丸が、烏天狗を一喝した。喧嘩を売る口振りだ。全力で恐ろしい妖を刺激している。

(おまえ、黙れ)

ギン太は思ったが、ニャンコ丸には伝わらない。偉そうな顔で烏天狗を睨みつけている。

こいつは、唐土の仙猫だ。海の向こうでは偉いようだが、ここは江戸だ。町人のほとんど全員が、ただの太ったブサイク猫だと思っている。烏天狗もそう思ったみたいだ。

「何だ、このみっともない猫は」

本当のことを言われても、ニャンコ丸は凹まない。自信たっぷりで生きているのだ。烏天狗ごときに何を言われようとも、揺るがないものがあった。

仙猫は、鼻を突き上げて言い返した。

「わしの可愛さが分からぬか。おぬし、人生を損しておるのう」

「……きさま、何を言っておる?」

「この世の真理だ!」

「あたまがおかしいのか?」

「おぬしの顔ほどではない!」

恐ろしい烏天狗相手に、ニャンコ丸は一歩も引かない。むしろ前に出ている。堂々としていた。

(もしかして強いのか)

ギン太は首を傾げた。見た目と言動で弱いと決めつけていたが、実のところ、ニャンコ丸の妖力を知らなかった。

「烏ごときが調子に乗るでない」

「うん。生意気だね」

ぽん太が加わると、生意気さが十倍にも二十倍にもなる。当然のように、烏天狗が怒り出した。

「八つ裂きにしてやろう」

そう言うなり、ぎらりと長い刀を抜いたのであった。ニャンコ丸とぽん太を斬るつもりだ。

「おいら、下がっているね」

ぽん太は、さっさと木陰に隠れた。戦うつもりはないようだ。

一方、ニャンコ丸は逃げない。

「猫大人に刀を向けるとは、いい度胸だ。感心したぞ。その度胸に免じて相手をしてやろう」

颯爽と言葉を返した。烏天狗とやり合うつもりかと思ったが、もちろん、そんなはずはなかった。

「このギン太が相手だ！」

言うだけ言って、木陰に隠れてしまったのであった。

†

突然、不幸が飛んできた。何もしていないギン太を直撃したのだった。

自分は敵ではない。

喧嘩するつもりはない。

縄張りに入ったことは謝る。

「こん！」

烏天狗に訴えたが、例によって通じなかった。

「ほう。きさまが相手か」

烏天狗が納得している。こいつも、あまり賢くないようだ。ニャンコ丸の言葉を信じて、ギン太を敵だと思っている。

逃げたかった。

こんな怖い妖と戦いたくない。

しかし、逃げようにも、烏天狗はすぐそこにいる。背中を向けた瞬間に斬られそうだ。

戦うしかない。

殺されるだろうが、戦うしかなかった。

こうなったのは、全部、ニャンコ丸のせいだ。しつこいくらい自分に言い聞かせる。この恨みを忘れないためだ。

(呪ってやる)

妖が死んだ後に幽霊になるのかは分からないが、ギン太はそう決めた。一生、ごはんを美味しく食べられない呪いをかけてやる！

そんな銀狐のそばに、烏天狗が近づいてきた。

「斬り刻んでやろう」

抜き身の刀をぶら下げている。殺《や》る気いっぱいだ。烏たちが、カァー、カァーと盛り上がっている。ギン太が斬られるのを待っているのだ。

簡単に殺されてたまるか。何もせずに斬られるつもりはなかった。勝てないまでも、一矢を報いてやる。

「こんっ！」

ギン太が叫ぶと、どろんと煙が上がり、銀狐の姿が刀に変化《へんげ》した。妖術を使ったのだった。

狐は化けるものだが、何もかもになれるわけではなかった。得手不得手もある。ギン太の化けられるもので烏天狗と戦えそうなのは、刀くらいしか思いつかない。

「ギン太、わしが見ておるぞ。そやつをやっつけてしまえ！」

ニャンコ丸が、木陰の安全な場所から応援している。威勢はいいが、一緒に戦うつもりはないようだ。

（むかつく）

やけっぱちな気持ちになった。玉砕承知で烏天狗に突進しようとしたが、不意に止められた。

「無茶すんじゃねえよ」

ぶっきらぼうだが、やさしい声だ。いつの間にか、ギン太が化けている刀の柄が摑まれている。

烏天狗のことで頭がいっぱいで気づかなかったが、敵ではなかった。この声と手の温かさを知っていた。ずっと独りぼっちだったギン太を家に引き取ってくれた男のものだ。

「こんっ！」

大きな声で返事をした。すると、声の主が返事をした。

「おう、待たせたな」

ギン太の言葉が分かるのだ。こんな人間は、江戸に一人しかいない。ギン太が待っているのは、この世に一人しかいない。

ニャンコ丸が、その名前を口にした。

「秀次を連れてきたのを忘れておった」

現れたのは、岡っ引きの秀次であった。

†

岡っ引きは悪党と戦うお役目だから、腕っ節には自信があった。子どものころから喧嘩で負けたことがなかった。

（おれは強い）

と、秀次は思っていた。どんな相手でも、本気で戦えば勝てると信じていた。倒せると信じていた。

だが、それは勘違いだった。誰にも負けたことがなかったのは、生きている世界が狭かったからだ。

九一郎に出会い、妖がらみの事件に巻き込まれると、それまで信じていたことが崩れた。妖を前にして何もできなかった。そう。秀次は、圧倒的に弱かった。

（相手が妖じゃあ仕方ねえさ）

そう思ってもいいところだが、諦めなかった。妖に勝てないことを受け入れなかった。みやびがいたからだ。

何度でも言うが、秀次はみやびに惚れている。自分の命を削ってでも、みやびを助けたかった。妖に襲われたときに、彼女の盾になりたかった。

普通の人間ならば、妖に勝てるはずがない。

分かっている。承知している。

しかし、秀次には銀狐の相棒がいた。

「おれに力を貸してくれ」

「こんっ！」

二つ返事で了解してくれたが、ギン太に頼りきりでいるつもりはなかった。秀次なりに計画があった。

この時代、町人も剣術を習う。ましてや秀次は岡っ引きだ。子ども時分に、みやびの父の道場で剣術を学んだこともある。

「筋がいい」

と、褒められた過去があった。

その言葉を信じた。毎日何百回もの素振りをして、みやびの父に習った剣術の型を思い出し、身体に叩き込んだ。誰にも見つからないように、雨の日も風の日も、刀を振り続けた。

鍛錬を始めてから、まだ一ヶ月も経っていない。それでも強くなった手応えはあった。

ただ、妖に通用するかは分からない。喧嘩と同じで、これればかりは戦ってみなければ分からない。

相手は、烏天狗。

剣術を使う妖。

自分の力を試すには、絶好の機会だ。今までの秀次なら勝てなかった相手だろう。

「いくぞ、ギン太」

相棒に声をかけ、秀次は戦いを挑んだ。

†

「大丈夫かなあ」

ぽん太が破れた傘を持って、秀次と烏天狗の戦いを見つめている。心配そうだ。ニャンコ丸の影響を受けて歪んでしまった部分はあるが、もともとは気のやさしい妖であった。

「大丈夫に決まっておるのう」

最初から性格の歪んでいるニャンコ丸が答えた。相変わらず安全な場所で偉そうにしている。

「烏天狗に勝てるの？」

「秀次のことは知らぬが、ギン太は神社に棲んでいた妖狐だ。烏天狗ごときに負けはせぬ」

「本当？」

「たぶんな」

「たぶん？」

「世の中に絶対はない。ギン太は道具に化ける妖ゆえ、遣い手次第で強くも弱くもなる」

「秀次次第ってこと？」

「そうだ」

ニャンコ丸は断言し、視線を前方に向けた。隠れていることを除けば、剣術の師範のようだった。

秀次と烏天狗が間合いを縮め、同時に刀を振るった。二振りの刀がぶつかり合い、

「キンッ！」

と、金くさい火花が散った。

ふたりは再び間合いを取って、燃えるような目で睨み合った。

「ふん。人間にしてはやるな」

「烏野郎が上等な口を叩くんじゃねえっ！」

秀次が啖呵《たんか》を切り、斬りかかった。烏天狗も応戦する。

キンッ、キンッと打ち合う音が響いた。小細工抜きで、真っ正面から打ち合っている。

互角。

いや、押しているのは秀次だ。表情を見ても分かる。烏天狗は必死の形相だが、秀次には余裕があった。烏天狗がじりじりと後退りしている。

「ほれ。見ろ。烏天狗など恐るるに足らぬ」

自分は何もやっていないくせに、ニャンコ丸が胸を張った。ぽん太の目にも、秀

次が勝つように見えた。

ぽん太は安心した。心配はいらなかったようだ。

†

みやびは廃神社に残っていた。ニャンコ丸たちが、雑木林の迷い家に行ったことは知っている。

半時前、ぽん太が迎えに来た。イネの居場所を突き止めたというのだ。早速、雑木林に行こうとしたが、秀次に止められた。

「おめえは、ここにいろ。九一郎さまを一人にするのはうまくねえだろ」

言うとおりだった。病の人間を置き去りにするのは問題がある。

「で……でも――」

「おれに任せておけ。イネはちゃんと連れてくる」

秀次は請け合ってくれた。御用聞きのお役目だって忙しいだろうに、みやびの代わりに行ってくれるというのだ。

彼は、いつだってやさしい。甘えすぎてはいけないと思うが、家族を失ったみやびには他に頼る人間がいない。秀次と血は繋がっていないけれど、兄のような存在だった。

人間ではないが、家族のような存在は他にもいる。

「秀次だけでは頼りないという気持ちは分かるのう。だが、安心するがいい。わしが行ってやろう」

「おいらもいるから大丈夫だよ」

ニャンコ丸とぽん太が、胸を叩いた。

みやびを馬鹿にしたりと性格に難はあるものの、一緒に暮らしている仲間であることは間違いない。

「うん。分かった。お願い」

頭を下げると、猫と狸がそっくり返った。

「大船に乗ったつもりで待っておれ」

「うん。大船。おいら、泥船は嫌いだからね」

「もしや、『かちかち山』で兎に退治された狸は、おぬしであったのか？」

「内緒」

いつもの調子でしゃべりながら、ニャンコ丸とぽん太が廃神社から出ていった。

「気をつけてね」

そう見送ったが、みやびは嫌な予感に襲われていた。胸の鼓動が苦しい。

でも、毎度のように妖がらみの事件に巻き込まれるが、みやびに霊感はなく勘も鋭いほうではない。両親が死んだときだって、何の予感もしなかった。

「きっと大丈夫」

大丈夫に決まっている。

嫌な予感なんて気のせいだ、と自分に言い聞かせた。だけど、胸騒ぎは止まらなかった。

†

「キンッ!!」

ひときわ大きな音が響いた。秀次が、烏天狗の刀を弾き飛ばした音だ。

「勝負あったのう」

「言うとおりだったね」

「うむ。わしはいつだって正しいのう」

ニャンコ丸が胸を張っている。

実際、烏天狗は全身で息をしているが、秀次は汗一つかいていない。勝てるはずのない妖に勝った。鍛錬の効果はあったようだ。

「縄張りを盗みに来たんじゃゃねえ。人をさがしに来ただけだ。見つけたら、すぐに出ていく。邪魔をしないでくれねえか」

秀次は、念を押すように言った。勝ち誇ったつもりはなかったが、油断があった。甘さがあった。

烏天狗が歪んだ笑みを浮かべた。

「もう手遅れだ」

刀を弾き飛ばされて負けそうなのに、なぜか余裕があった。声も笑っていた。秀次のことを嘲笑っている。

背筋が冷たくなった。

(逃げたほうがいい)

誰かが頭の中で注意した。だが、遅かった。烏天狗が再び言った。

「きさまらは、ここを生きて出ていくことはできん」

「な……何だと?」

「ふん。まだ気づかぬのか」

鼻を鳴らし、天を見上げた。秀次はその視線を追った。そして、絶望した。

カァーッ!!

カァーッ!!

カァーッ!!

そこには、空を覆い尽くすほどの数の烏がいた。さっきよりも増えている。二百羽はいそうな烏たちの羽根の色で、空が真っ黒に染まっていた。

「仲間を呼んできたようだのう」

「卑怯だね」

ぽん太が顔を顰《しか》めるが、そうではない。

「喧嘩に卑怯もお経もなかろう」

ニャンコ丸の言うとおりだ。気づかなかったほうが悪い。周囲に目を配らなかった秀次の落ち度だ。

烏天狗と戦うのに手いっぱいで、烏たちを見ていなかった。道場なら一対一だが、ここは実戦の場だ。

しかも、ただでさえ面倒な相手だ。剣術は人間と戦うことしか想定されていない。空からの攻撃を防ぐ自信はなかった。これも秀次の甘さと言っていいだろう。妖が相手だと分かっているのに、空を飛ぶものと戦うことを考えていなかったのだから。

また、烏天狗に使われているだけあって、この鳥どもは普通ではない。禍々《まがまが》しいほどの尖った嘴を持っていた。化け鳥なのかもしれない。

「突かれては、ひとたまりもないのう」

「うん。絶対痛い。秀次が死んじゃうよ」

ニャンコ丸とぽん太が、心配してくれている。口は悪いが、人を見捨てることができない連中だ。

「しょうがないのう。助けてやるとするか」

「うん」

木陰から出て、こっちにやって来ようとする。

「来るな！」

秀次は止めた。この連中に怪我をさせたくなかった。もしものことがあったら、きっと、みやびが悲しむ。

「おれ一人で十分だっ！」

喉が張り裂けるような声で叫び、持っていた刀を力いっぱいに投げた。

「ギン太、もとに戻れ！」

命じると、刀がどろんと煙を上げて、銀狐の姿に戻った。だが、放り投げられた勢いは止まらない。一直線に空を飛び、ニャンコ丸とぽん太にぶつかった。

「な、何をするっ!?」

「痛い！」

「こんっ！」

もつれるように倒れた。妖の世界には、受け身がないのだろう。ニャンコ丸とぽん太が綺麗にひっくり返った。

（これでいい）

ギン太を自分から引き離すことができた。少しだけだが、戦場から遠ざけることができた。

「九一郎さまを呼んできてくれ」

連中に頼んだ。もちろん、今から呼びに行っても間に合わないことは分かっているし、そもそも九一郎は寝込んでいる。呼んできてくれと言ったのは口実だ。秀次は、ギン太たちを逃がしたかった。

傷つくのは自分だけでいい。

死ぬのは自分だけでいい。

「烏ども、おれが相手だっ！　おら、かかってこいっ！」

破落戸のように怒鳴ると、敵が反応する。

「カーァ!!」

「望み通り殺してやろうっ!!」

どす黒い妖たちが、秀次に飛びかかろうとしたときだ。

かたんと音が鳴った。小さな音のはずなのに、はっきりと聞こえた。烏天狗たちの耳にも届いたらしく、その動きが止まった。

全員の視線が、雑木林の奥にある迷い家に向けられた。扉が開いていた。その音だったようだ。

やがて、十六、七歳くらいの娘が現れた。

迷い家は、一種の結界だ。中にいるものが招かなければ、入ることはできない。

扉が開いたのは、この娘の意思だろう。

「やっと出てきたか」

烏天狗が、憎々しげな声を発した。十六、七歳の娘に殺気が向けられている。

「うるさいやつらだ」

娘は、不機嫌に言った。

†

娘は、髪を尼削《あまそ》ぎにしている。髪を結うことなく、肩の上で切り揃えてある。だが、出家しているわけではない。おそらくは、無頓着なだけだ。服装を見ても、粗末な麻の着物を着ていた。

顔立ちは整っているが、痩せているせいか少年のようにも見えた。僧侶の持つような頭陀袋《ずだぶくろ》を肩にかけている。小娘のはずなのに、やけに落ち着いていて、妙な威厳があった。

一目で誰だか分かった。秀次は、この娘を知っていた。名前を呟いた。

「イネ……」

この娘こそが、女医者のイネだった。ぽん太の傘は、間違っていなかった。本当に、ここにいたのだ。

でも、分からないこともある。医者が雑木林の迷い家にいる理由が謎すぎる。

「こんなところで何を――」

聞こうとしたが、イネは秀次を見ていなかった。烏天狗たちを眺めるように見ていた。

烏天狗も、もはや秀次など眼中にないようだった。イネに言葉をぶつけた。

「チビ烏を渡せ」

地獄の底から響いてくるような恐ろしい声だ。秀次でさえ震えてしまいそうだ。

しかし、イネは動じない。

「断る。患者は渡せん」

チビ烏？　患者？

分からない言葉が飛び交った。

「言うことを聞かぬと、目玉をほじくり出すぞ」

「おまえこそ失せろ。肝を抜くぞ」

なんと！　みやびと変わらぬ年ごろなのに、烏天狗を脅し返している。性根が据わっている。度胸のある娘だ。

「黙って聞いておれば調子に乗りおって」

烏天狗が歯噛みした。ただでさえ恐ろしい顔が、悪鬼のようになった。気の弱い者ならひきつけを起こすだろう。

イネは余裕だった。眉一つ動かさない。

「どこが黙っている？　親に捨てられた雛のようにピーチクパーチクと囀《さえず》っているではないか」

完全に馬鹿にしている。口喧嘩では、烏天狗の負けだ。

「お……おのれ、ぶち殺してくれるっ！」

烏天狗が、イネに突進した。秀次に襲いかかったときより勢いがある。本気でイネを殺しにかかっている。

秀次は助けようと思ったが、その必要はまったくなかった。

「きさまでは無理だ」

娘は鼻で嗤《わら》い、頭陀袋から小さな竹筒を取り出した。急ぐでもなく蓋を外し、中身を烏天狗にぶちまけたのだった。そこには、謎の液体が入っていた。びしゃりと音が鳴った。

「ぐわっ」

悲鳴が上がった。烏天狗が、顔を押さえて地べたに倒れた。イネのぶちまけた謎の液体が、顔面にかかったようだ。

「ひぃっ……」

烏天狗が悶え苦しんでいる。立ち上がるどころか、目を開けることもできないみたいだ。

秀次は声も出なかった。見ているものが信じられない。ニャンコ丸たちも、口をぽかんとさせている。

そんな中、イネだけが落ち着いていた。泡を吹かんばかりに苦しんでいる烏天狗を観察するように眺め、感心した口振りで言った。

「ほう。妖にも効くようだな」

頭陀袋から新しい竹筒を出し、誰に言うともなく解説を始めた。

「異国のしびれ薬だ。親父どのからもらった。どうだ？　興味深かろう？」

自慢するような、宝物を見せびらかすような物言いだ。

「……凄い娘だのう」

ニャンコ丸が圧倒されている。ぽん太とギン太に至っては、まだ声が出ないようだ。妖たちが引いている。

秀次は噂を聞いていたこともあり、一番早く我を取り戻した。

「こいつは死ぬのか？」

おそるおそる聞くと、イネがこともなげに返事をした。

「この図体なら死にはしない。三日ほど苦しむだけだ」

「三日も……」

朗報とは思えない。秀次は、烏天狗に同情した。ひどい目にあっている。

イネは竹筒を頭陀袋にしまわずに、空を舞う烏たちに言葉を投げつけた。

「おまえらくらいの大きさだと、半日で心ノ臓が止まる。興味深かろう？　試してみるか？」

本気で言っているらしく、竹筒の蓋を外した。それを見て、烏たちが悲鳴を上げた。

「カァー!!」

そして、一斉に散っていった。

秀次の手に負えなかった烏天狗と烏たちを、イネは一人で追い払ってしまったのであった。

†

烏天狗を放置したまま、秀次たちはイネと迷い家に入った。

机に小さな箱が置いてあり、掌《てのひら》に乗りそうなチビ烏が横たわっていた。翼を怪我しているらしく、晒《さらし》のような白い布が巻かれている。

「おぬしが治療したのか?」

問いかけたのは、ニャンコ丸だ。

「そうだ」

イネが答えた。仙猫の言葉が分かるようだ。驚くことではないのかもしれない。僧侶や医者などのように人の生き死ににかかわる職業の者は、不思議な力を持っていることがある。ましてや、この娘医者は見るからに普通ではない。

「こやつの怪我は、どうしたのだ?」

「烏仲間にいじめられておった」

「よくあることだのう」

「うん。よくある」

「こん」

ぽん太とギン太までもが頷いた。いじめっ子は、どこの世界にもいるようだ。ことに、妖の世界は弱肉強食なのだろう。

「薬草を摘みにきたときに見つけた。傷だらけで死にかけておった。烏の怪我に興味があったから治療をしてみたのだ」

同情して治療したのではないらしい。評判通りの変わり者だが、無責任ではなかった。

「チビ烏でも患者は患者だ。怪我が治るまで守ってやるのが医者の務めであろう」

迷い家に閉じこもり、チビ烏の治療を続けていたということらしい。

（この先生は信用できる）

秀次は確信し、イネに向き直った。

「先生に頼みたいことがあって来た」

「何だ？」

「病を治して欲しい」

「どんな病だ？」

イネの問いに答えたのは、ニャンコ丸だった。

「九一郎が妖熱にかかってしまってのう」

イネは、その病を知っていたようだ。

「妖熱とは興味深い」

声に熱がこもっている。ニャンコ丸が、また言った。

「治してくれないかのう」

「診てやってもいい」

あっさりと引き受けたが、その言葉には続きがあった。

「無料《ただ》というわけにはいかぬぞ」

「分かってる」

医者を呼べば金がかかるのは常識だ。異国の知識を持つ医者なら、さぞや高いだろう。

「いくら払えばいい？」

「金に興味はない」

「え？」

「金はいらぬ」

この返事に、秀次は戸惑う。

「でも、無料というわけにはいかねえって」

「頼みがある」

そう前置きして、条件を口にした。

「チビ烏の面倒を見てくれるのなら診てやろう」

「こいつの面倒を？」

「そうだ。もう群れには帰れまい」

まあ、そうだろう。いじめられていたというだけではない。イネが、烏天狗を懲らしめてしまったのだ。今以上に狙われる可能性もある。少なくとも、烏仲間と仲よく暮らすことは難しいに決まっている。

「チビ烏を心配しているのか？」

「また怪我をされては面倒くさい。こう見えても、治療した患者は死なせない主義でな。チビ烏だろうと、死ぬのは許さん。で、どうなんだ？　面倒を見るつもりはあるのか？」

イネは言い、なぜか、ニャンコ丸とぽん太を見ている。

「廃神社で引き取ってやろう。わしの子分にしてやる」

「おいらの子分にもしてあげるね」

居候のくせに、勝手に決めたのだった。

「猫と狸の子分か。ふむ。なかなか興味深い」

何が興味深いのか分からないが、イネは満足そうだ。

「話は決まった」

「うむ。決まりだ」

「おいらに子分ができるんだね」

さんにんで一本締めを始めそうな雰囲気であった。思わず秀次は口を挟んだ。

「おい、九一郎さまに相談もしねえで」

だが、誰も聞いていない。まあ、九一郎は反対しないだろう。

こうして、チビ烏が廃神社の一員に加わったのであった。

第三話　豆腐小僧

九一郎は、廃神社の自分の部屋に座っていた。庭先のほうから、ニャンコ丸とぽん太の声が聞こえてきた。

「『猫大人』と呼ぶがいい」

「おいらは、『ぽん太さま』でいいよ」

新入りに言い聞かせているのだ。最初が肝心だからのう、とニャンコ丸は言っていた。

「カァー」

相手は、チビ鳥である。ニャンコ丸とぽん太が、迷い家から連れてきた。一見するとただの小さな鳥だが、子どもの妖であるらしい。人間の言葉を解するようだ。だが、しゃべることはできない。

「猫大人と言ってみろ」

「カァー」

「カァーではない。猫大人だ」

「ぽん太さまだよ」

「カァー？」

怪我も治ったらしく、すっかり廃神社の一員になっていた。ニャンコ丸とぽん太の舎弟だ。

「さすがでござるな」

ニャンコ丸とぽん太のことではない。九一郎は、イネの顔を思い浮かべていた。秀次の紹介してくれた娘は、本物の名医だった。

数日前、イネに診てもらった。出された薬を飲むと、すぐに身体が楽になった。

「うむ。熱は下がったようだな。だが、それだけだ」

と、イネに言われた。みやびもニャンコ丸もいない部屋で、娘医者は九一郎の病を見抜いた。

「治る病ではない。分かっているだろう」

返事をしなかったが、イネは無理に答えを求めない。ただ、言葉を続けた。

「人として生きていきたければ、おとなしくしているんだな」

九一郎の正体に気づいているのだ。みやびは気づいていないようだが、九一郎の額にはときどき角が現れる。その正体を、九一郎は知っていた。鬼の角だ。

イネの診察を受けたとき、その角が現れていた。はっきりと見たであろうに、娘医者は眉一つ動かさず、ただ静かに言った。

「術を使うのを控えろ」

その見立ては正しい。術を使って妖を召喚するたびに、九一郎は鬼に近づいていた。いや、違う。近づいたのではない。

「まあ、人でなくなるのも興味深いがな」

イネは診察を切り上げて、廃神社から帰っていった。

†

十万坪から両国橋《りょうごくばし》に向かう道の途中に、『とうふ亭』という名前の一膳飯屋がある。その名の通り、豆腐料理を売りにしている店だ。注文があれば、食事と一緒に酒も出す。

店構えはみすぼらしいが、安くて味がいいと庶民には人気があった。競争の激しい江戸の町で、もう五年も商売を続けている。大儲けとまではいかないが、ちゃんと黒字を出していた。

みやびは、そのとうふ亭の常連だった。廃神社で暮らすようになってから足が遠退いていたが、両親がいたころには三日に一度は顔を出していた。父のお気に入りの店だった。

深川で生まれ育っただけに、何もかもに思い出が染みついていた。町のどこかを歩くたびに、記憶がよみがえる。思い出の中でしか会えなくなった人たちの声が聞こえる。最初に聞こえたのは、父の声だ。

「この店の豆腐は味がいい」

「お豆腐だけですか」

母がからかうように言った。武士といっても、町道場の主にすぎない。仕官しているわけではなく、身分は浪人だ。だからだろう。堅苦しいところのない両親だった。暮らしぶりは、長屋住まいの庶民と変わるところがなかった。

「あの店は酒もいい」

父が真面目な顔で言い直すと、母がくすりと笑った。大酒飲みではなかったが、父は酒が好きだった。道場が終わった後、とうふ亭に行って一杯か二杯だけ飲むことを楽しみにしていた。

ささやかな幸せを嚙みしめるように、みやびたち家族は暮らしていた。この生活がずっと続くと思っていた。
でも、失われてしまった。両親は死に、生まれ育った道場は燃えてしまった。幸せな暮らしは続かなかった。

おぬしの二親を殺したのは、〝鬼〟のしわざだのう。

ニャンコ丸は教えてくれた。冗談ばかり言っている猫だが、その言葉は本当だと思った。父母の遺体に、獣に咬まれたような疵痕があったからだ。
最初は野良犬のしわざだと思っていたが、そうではなかったのだ。

鬼が殺した。
鬼に食われた。

その言葉は辛すぎた。みやびは泣きながら、九一郎に頼んだ。鬼を退治してください、と頭を下げた。
――拙者に任せるでござる。

九一郎は引き受けてくれたが、なぜか、悲しげな顔をしていた。心を痛めているように見えた。絶望しているように見えた。

みやびは、その表情を忘れられずにいる。

†

とうふ亭のそばに、桜の木がある。それほどの大きさはないが、薄紅色の花を咲かせている。

花びらは儚く、風が吹くたびにはらはらと散ってしまう。そのせいで、とうふ亭に続く道が桜色に染まっていた。

その日、みやびはとうふ亭を訪れようとしていた。豆腐は口当たりがよく、胃にもやさしい。だから、病み上がりの九一郎のために買っていこうと思ったのだ。

暖簾をくぐると、若い男女の声が上がった。

「……いらっしゃいませ」

みやびは、思わず眉を寄せた。商売人と思えないくらい、声が暗かったのだ。

とうふ亭をやっているのは、仁吉《にきち》とおみわの夫婦だ。まだ二十五歳をすぎたばかりと若い。同い年の幼馴染みが夫婦になって、店を出したのだという話だ。

「江戸の三白」

そんな言葉がある。江戸っ子は、白い食材――そのなかでも、白米・豆腐・大根を毎日食べていた。それくらい豆腐好きだった。

とうふ亭も流行っていて、みやびの父が通っていたころは、いつも混んでいた。席に座れずに帰ったことが何度もあった。庶民の憩いの場のような賑やかな店だった記憶がある。

それが、この日は客がいなかった。仁吉とおみわの夫婦が所在なげに立っているだけだ。そろそろ昼飯時だというのに、見事に誰もいない。

少し考えてから、みやびは聞いた。

「ええと……。もしかして、今日はお休みですか？」

暖簾は出ていたが、しまい忘れただけかと思ったのだ。

「いえ、やっております」

女房のおみわが首を横に振った。

「じゃあ、どうして――」

客が一人もいない理由が分からなかった。

「知らねえんですか？」

聞き返すように、仁吉に問われた。ため息が声に混じり、疲れが顔に滲み出ている。まだ若い仁吉が、四十代にも五十代にも見えた。

「何かあったんですか？」

「この先の橋のたもとに、新しく飯屋ができたんですよ」

「新しいお店……」

呟きはしたが、意外な話ではなかった。江戸の町には、食べ物屋が多い。競争も激しく、雨後の筍のように次から次へと新しい店ができる。よその土地からも流れてくる。屋台も含めれば、毎日開店しているだろう。

「それがですね。ただの飯屋ではないんです」

「ただの飯屋じゃない？　それは——」

「あの『豆腐や』ができたんです」

「え？　日本橋の？」

みやびでも知っている有名店だ。飯屋というよりも、

「料亭」

と、呼びたくなる雰囲気の店だ。控え目に言って、庶民には入りにくい印象があっ

た。値段も高く、とうふ亭の何倍もの料金を取る。

「深川店《だな》を出したんですよ」

つまり支店だ。さらに聞くと、深川に庶民向けに安い店を出したということのようだ。

「店を出すこと自体はいいんです。どこで商売をしようと自由ですし、豆腐なんて珍しくもねえ食い物ですから」

その通りだ。似たような店が、隣や向かいにできることだってある。流行っている店のそばに、そっくりの店を出すことだって珍しくない。商売は競争で、早い者勝ちではないのだ。

「それにしたって……」

みやびは首を傾げた。豆腐やは名店だが、とうふ亭だって人気がある店だ。それに、そもそも客筋が違う。影響はないような気がした。いずれにせよ、いくら何でも客が一人もいなくなるのは極端だ。

そう考えたことが顔に出たのだろう。仁吉が言った。

「豆腐の仕入れができなくなっちまったんですよ」

「え？」

すよ」

「豆腐やの息のかかった連中が、『とうふ亭に売るな』って言って回っているんで

お金をばらまき、ときには脅しをかけているというのだ。これまで仕入れていた先を奪われていた。

食材が手に入らなければ、豆腐料理を作ることはできない。とうふ亭に豆腐がないなんて洒落にもなっていない。目玉商品がないのだから、閑古鳥《かんこどり》が鳴くのは当然だろう。

かける言葉がなかった。みやびが黙っていると、仁吉とおみわが気を取りなおしたように言ってきた。

「おっと、いけねえ。お客さんにこんな話をしちまって、あいすみません」

「今日は、何をお出ししましょうか。豆腐はありませんが、亭主がお好きなものを作りますよ。何でも言ってくださいな」

無理に作った声が悲しかった。

†

「ふん。それで握り飯を持って来たってわけだな」

ニャンコ丸が相槌を打ちながら、買ってきたばかりの焼きおにぎりを頰張っている。ぽん太とチビ烏、そして九一郎も一緒に食べていた。みやびは、廃神社に戻ってきていた。

海苔を巻いた握り飯が発明されたのは、アサクサノリの養殖が始まった元禄時代（一六八八から一七〇四年）だが、その後もしばらくは、焼きおにぎりが一般的だったとも言われている。

とうふ亭の握り飯も、炭火で表面をこんがり焼いたものだった。香ばしく、飯粒が手に付きにくい。料理人が作ったものだけあって、家で焼いたものとは比ぶべくもなく美味しい。

ひとしきり食べた後、ニャンコ丸たちが文句を言い出した。

「田楽くらいは食いたかったのう」

「うん。おいら、田楽、好きだよ」

「カァー」

まあ、その気持ちは分かる。みやびだって食べたかった。木の芽味噌を塗った田楽は、父の好物でもあった。九一郎にも食べさせてやりたかった。

「商売は大変でござるな」

その九一郎が、口を挟んだ。イネの薬が効いて熱が下がり、元通りの生活に戻っていた。ただ、病み上がりだからなのか、ぼんやりしていることがあった。頭が痛いらしく、額を押さえているところも見た。

（今度、イネ先生に相談してみよう）

自分と同年配の娘医者を、すっかり信用していた。誰にも治せなかった九一郎の熱を下げてくれたのだ。また、性格も癖はあるものの、悪意はまるでないようだ。

みやびが気を揉んでいるより、イネに診てもらったほうがいい。そう思って、とうふ亭のことに気持ちを戻した。ある事件を思い出してしまい、ふと、ため息が出た。

「そうでなくても大変なのに……」

呟くと、九一郎が聞いてきた。

「豆腐やの件以外にも、何かあったのでござるか？」

「はい」

みやびは頷き、知っていることを話した。

一昨年の秋のことだ。とうふ亭夫婦は不幸に見舞われた。流行病で四つの息子をんてしまうのだった。

「それは気の毒な……」

九一郎が沈痛な面持ちで言った。

「そうなんです。まだ立ち直っていないのに、今度は、仕入れの邪魔をされるなんて……」

みやびは、ため息をついた。すると、ぽん太とチビ烏が反応した。

「悪いやつなんだね。おいらがやっつけて来ようか」

「カァー」

義憤に駆られたようだ。

できることなら頷きたかったが、そうはできない。

「駄目よ」

みやびが止めると、狸と烏が首を傾げた。

「どうして？」

「カァー？」

なぜ止められたのか分からないようだ。一方、ニャンコ丸は察していた。

「商売ではよくあることだからだ」

「さようでござる。悪事ではないのでござるよ」

九一郎が、言い聞かせるように言葉を添えた。みやびは商人ではないのでよく知らないが、少なくとも仕入れを邪魔してはならないという法律はなかろう。仕入れ先だって商売でやっているのだから、豆腐やと付き合うことで利益が上がるのなら止めることはできない。

「じゃあ、放っておくの?」

「カァー?」

この質問に答えたのも、ニャンコ丸であった。

「そういうことだ。とうふ亭夫婦が、自分の力で乗り越えるしかないのう」

†

その数日後、おみわは一人で店番をしていた。相変わらず握り飯くらいしか売るものはなく、夫がいなくても問題なかった。ほとんど客が来ないのだから、接客する必要もない。

いや、ほとんどではない。見栄を張るのはやめよう。今日は、客が一人も来なかった。握り飯が一つも売れないまま昼飯時が終わった。豆腐料理を売ることができなくなってから、ずっと赤字が続いていた。

（このままじゃあ潰れてしまう）

しかし、どうすればいいのか分からなかった。

売れ残った握り飯を見てため息をついていると、勢いよく戸が開き、出かけていた仁吉が帰って来た。そして、ただいまも抜きに、おみわに言った。

「亀戸村で豆腐を売ってくれる人を見つけたぜ」

朗報だった。待ちわびた言葉だった。

「本当？」

聞き返す声が弾んだ。それに答える仁吉の声も、弾んでいる。

「ああ。本当の話だ。本当も本当。大本当《だいほんとう》だ」

同じ言葉を繰り返してから、ようやく事情を話してくれた。

「亀戸村の百姓が豆腐を売ってもいいって言ってくれた。畑をやっているだけじゃなくて、豆腐を作って売り歩いている人だ。味見をさせてもらったが、今まで使ってた豆腐より旨かった」

「数は大丈夫なの？」

おみわは聞いた。商売人の女房としては気にかかるところだ。一つや二つでは商売にならない。料理を作るのは夫だが、帳簿は彼女がつけている。普通の女より、金勘定に明るかった。

「大丈夫だ。百姓仲間にも声をかけてくれるそうだ。売り切るのが大変なくらい手に入るぜ」

「値段は？」

これも重要だ。とうふ亭は庶民向けの店だ。仕入れ値が高ければ、やっていけない。

「今までよりずっと安い」

三割も安くあがると仁吉は言った。そして、朗報はそれだけではなかった。

「豆腐だけじゃなく、野菜や米も安く譲ってもらえそうだ」

「え……？」

「いろいろな食材を仕入れられるってことだ。採れ立てのたまごも売ってくれるってよ」

今にも踊り出しそうな声で、仁吉は言った。はしゃぐのも当然だ。料理のよしあしは、材料の質に左右される。新鮮な野菜が手に入れば、これまで以上に旨い飯を作れるはずだ。

「よかった……」

心の底から声が出た。これで商売ができる。豆腐料理を出すことができる。客も戻ってくるだろう。本当によかった。

夫婦がよろこんだのは、店が繁盛して儲かると思ったからではない。この店には、死んでしまった息子——長助《ちょうすけ》の思い出が染み込んでいる。

短い間だったが、息子と一緒にすごした場所なのだ。潰したくなかった。仁吉も同じ気持ちだった。だから亀戸村まで豆腐をさがしにいった。諦めることなく、百姓たちに頭を下げて回ったのだ。

「明日から忙しくなるぜ。頼むな」

「はい」

おみわは、泣きながら笑った。夫の目にも、涙が光っていた。

†

江戸には、いろいろな人間がいる。

その中でも深川は、江戸城から離れていることもあって、役人の目も届きにくく、贓に傷を持つ者も多い土地柄だった。浪人や兇状持ちが、そこら中にいる。そして、ここに、とびきりの悪人がいた。

「辰吉《たつきち》さん、お豆腐を食べに行くわよ」

毒蛇の喜十郎が言い出した。深川一帯を縄張りにしていた、破落戸の親玉のような男だ。賭場の金貸しでもあった。

容赦のない取り立てをすることでも名を知られている。執念深く、乱暴で厄介な男だった。男のくせにべったりと白粉《おしろい》を塗っていて、顔つきは蛇に似ている。

秀次の手下である熊五郎《くまごろう》と揉めたとき、妖たちに散々な目にあわされて江戸を離れていたが、こっそりと戻ってきたのだった。

「田舎で暮らすなんて耐えられないわ」

江戸で生まれ育った人間にありがちな発言だ。その中でも特に喜十郎は、江戸以外の土地を馬鹿にしていた。

「江戸を出ていくのなら死んだほうがましよ」

その言葉は本音だろう。一方、辰吉は気が気じゃなかった。

「喜十郎さん、まずいですよ」

あの連中——特に、あの狸に見つかったら、また地獄に落とされてしまう。思い出すだけで膝が震えた。

「辰吉さんってば、本当に臆病ねえ。そんなんじゃ、モテないわよ」

喜十郎の話し方は、ずっと変わらない。のっぺりとした顔に白粉を塗り、女のようなしゃべり方をするが、この男を馬鹿にする者はいなかった。少なくとも、今はいない。

辰吉の知るかぎり、一人残らず大川に沈められている。刻まれて魚の餌にされてしまった。

その喜十郎が、辰吉を励ますように言った。

「心配しなくても大丈夫よ。大福屋には近寄ってないし、私たち、もう堅気になったんだから」

半分は本当だ。妖に叩きのめされて以来、暴力沙汰から足を洗っていた。その代わり、博奕を打って暮らしている。辰吉は、そんな喜十郎の子分のようなものだ。おこぼれをもらって生きていた。

「こんなに真面目に暮らしているんだから、狸ちゃんも許してくれるわよ」

なぜか自信たっぷりであった。ちなみに博奕は御法度《ごはっと》だが、こっそりとやっている者はいくらでもいた。毒蛇にしてみれば、それくらいは悪事のうちに入らないということだろう。

「それに、あの狸ちゃん、すごく可愛かったでしょ？　私ったら、また懲らしめられたいかも」

あんな目にあったのに、本気で会いたがっているようだ。

（本物のヘンタイだな、こりゃ）

分かっていたことだが、改めて思った。

「行くわよ」

「行くって、どこに？」

「あら、聞いてなかったの？　嫌ねえ。ついさっき、お豆腐を食べに行くって言ったじゃないの」

そう言われれば、そんなことを言っていた。喜十郎は気まぐれで、年がら年中、思いつきを口にする。すっかり、聞き流す癖がついていた。そうでなくても、辰吉は他人の言葉をまともに聞く性格ではなかった。

「早く行かないと、お腹が空いちゃうじゃないの」

辰吉を責めるように言って、喜十郎が歩き出した。勝手に行かせればいいようなものだが、ついて行かなければ叱られる。食い扶持《ぶち》の面倒を見てもらっている身としては、一緒に行くしかなかった。

「どこに豆腐を食べに行くんですか？」

「うるさいわね。黙ってついていらっしゃい。私、美味しくて安いお店を知ってるのよ」

とっておきのお店よ、と喜十郎はもったいぶった。

†

辰吉が喜十郎と一緒にいるのは、他に行くところがないからだ。

そうは言っても、天涯孤独というわけではない。辰吉には、姉がいる。下っ引きの熊五郎と夫婦になり、大福屋を切り盛りしていた。

頼ることができるのなら頼りたいところだが、

（合わせる顔がねえ）

のであった。

辰吉は、姉にひどい真似をしていた。賭場で作った借金の尻ぬぐいをさせようとした挙げ句、姉を喜十郎に差し出そうとしたのだ。

いくら辰吉でも、今さら姉を頼れない。そして、この生き馬の目を抜く江戸で、一人で生き抜く自信もなかった。だから、喜十郎についていった。金魚の糞として生きていくしかないのだ。

しばらく歩くと、見覚えのある飯屋に着いた。

（なんだ、とうふ亭か）

深川の町人なら誰でも知っている飯屋だ。博奕に手を出す前、姉と一緒に来たこともあった。

「私、美味しいものが好きなの」

喜十郎は秘密を打ち明けるように言うが、旨いものが嫌いな人間はいないだろう。辰吉だって、この店の田楽は好物だった。

「あら、ずいぶん混んでいるわねえ」

「本当ですね」

辰吉は、毒にも薬にもならない相槌を打った。とうふ亭はもともと流行っている店だが、今日は行列ができている。深川中の人間が、小さな店に群がっているように見える。

行列している人々が、とうふ亭の話をしていた。

「前より味がよくなったそうだぜ」

「へえ。仁吉の野郎、また腕を上げたのかい」

「それもあるだろうが、何でも亀戸村からとびきりの材料を仕入れるようになったんだってよ」

「とびきりの材料？　何を手に入れたんだ？」

「野菜もあるし、たまごもあるってよ」

「たまごとは、豪勢じゃねえか。そいつは、楽しみだな」

大評判であった。とうふ亭の人気は本物らしく、こうしているうちにも行列が延びていた。

「これじゃあ食べられないわ」

喜十郎が文句を言っている。並ぶつもりはないようだ。辰吉だって、この長い行列に並ぶのは気が進まない。

——他の店に行きましょうよ。

そう言いかけたときだった。

「なめてんじゃねえぞっ!!」

怒声が響き、がちゃんと茶碗の割れたらしき音が鳴った。

「あら、嫌ねえ。揉めているみたいよ」

喜十郎が、即座に反応した。迷惑そうな顔を作ってはいるが、目の奥は笑っている。足を洗ったと言いながら、暴力のにおいが好きなのだ。揉め事を見つけると、いつだって目を輝かせる。

この後の展開は、辰吉でなくても分かる。

「見に行きましょう」

人混みをかき分け、喜十郎が店に入っていった。

†

十人も入ればいっぱいの店内に、図体の大きな破落戸が三人もいた。もちろん、客ではない。

「ショバ代を払えって言ってんだよ」

海坊主のような頭の禿げた男が、とうふ亭の主夫婦に因縁をつけていた。床には、叩き割られた茶碗の破片が散らばっていた。

「ショバ代なんて……」

仁吉が困った顔をしている。この土地で、もう五年も飯屋をやっているのだ。今さら要求されて戸惑うのは当然だろう。

「なんだと!? 払えねえっていうのかっ!!」

海坊主がドスを利かせる。仁吉とおみわは縮こまり、客たちがびく、びく、と震えた。

店に入ってきたばかりの喜十郎が口を開いた。

「あら、日本橋の勝蔵《かつぞう》さんじゃない」

と、海坊主に言ったのだった。辰吉も、この男を知っていた。日本橋の盛り場にたむろする破落戸だ。

「海坊主の勝蔵」

そんな二つ名を持っていた。相撲取りのように図体は大きく、見かけは厳ついが、たいした悪党ではない。喜十郎に比べれば小物だ。粗暴なだけで考えの足りないチンピラと言うべきだろうか。

喜十郎の声はかん高く、白粉を塗っているせいもあって目立つ。また、破落戸の世界では名も売れている。

「ど……毒蛇の……」

勝蔵が、ぎょっとした顔になった。声をかけられるまで、喜十郎に気づかなかったようだ。海坊主の手下らしき二人の破落戸が、急に落ち着かない顔になった。逃げるように、喜十郎から目を逸らした。

（こうなるよな）

辰吉は思った。本人は堅気になったと言っているが、喜十郎の悪名は江戸中に轟いている。伝説染みた武勇伝もある。例えば、目を合わせただけで大川に沈められるという噂があった。辰吉は、その噂が大げさではないことを知っていた。

喜十郎が質問する。

「日本橋の勝蔵さんが、どうして深川のショバ代を集めてるのかしら」

「そ……それは……」

勝蔵は、しどろもどろだ。大きな図体を縮こめるようにして、びっしょりと脂汗をかいている。

「縄張りの外の店からショバ代を取るのは御法度だったはずだけど」

喜十郎が追い打ちをかけた。好き勝手にショバ代を取れるのなら、縄張りの意味はない。縄張り破りと見なされる真似だった。

「あなた、決まりを破るつもり？」

「と、と、とんでもねえっ！」

勝蔵は首を横に振った。必死の形相だ。それもそのはずで、悪党の決まりを破れば殺されても文句は言えない。喜十郎が手を出しても、誰も咎めないだろう。

「あら、違うの？」

わざとらしく不思議そうな顔を作り、一つ間を置いてから、ぽんと手を叩いた。

「もしかして、ここが日本橋だと勘違いしちゃったとか」

「そ、そうだっ！　勘違いだっ！」

勝蔵はすがりつくように頷いた。折れそうな勢いで、首を縦に振っている。手下の破落戸も同じ動作をしている。滑稽なからくり人形を見ているようだが、本人たちにしてみれば命がかかっている。

「だったら、日本橋にお帰りなさいな。あなたが騒いでたら、お豆腐を食べられないじゃない。すっごく迷惑だわ」

そんな言葉を投げつけ、うるさい野良犬を追い払うように勝蔵たちを追い払ったのだった。

†

四半時《しはんとき》後、喜十郎は豆腐を食べ終えて、辰吉と帰路に就いた。

春の空は、晴れた日でも何となく白く霞んで見えることが多いが、この日もそうだった。日射しが濾過されたように柔らかい。

とうふ亭から少し離れた道を歩きながら、喜十郎が話しかけてきた。

「辰吉さん、どうかしたの？　さっきからずいぶん静かね」

「いや、驚いちまって」

「驚く？　何が？」

「とうふ亭を助けてやったでしょう」

破落戸どもを追い払い、しかも店から一銭も受け取らなかった。

「私は、お豆腐を食べたかっただけよ」

どこまで本気か分からない口振りで、喜十郎は応じた。とうふ亭の主夫婦に礼を言われたときも、この台詞を繰り返していた。遠慮する仁吉とおみわに、食事の代金を押しつけるように渡して帰って来たのだ。

まさか、改心して正義の味方になるつもりなのだろうか。あの、いけ好かない岡っ引きの秀次のように。

（それはそれで気味が悪《わり》いや）

想像して身震いしていると、喜十郎が冷たい声で続けた。

「それに助けちゃいないわ」

「助けてない？　勝蔵たちを追い払ったじゃねえですか」

「さっきだけの話よ」

「へ？」

おかしな声が出てしまった。意味が分からなかった。さっきだけ？

よほど不思議そうな顔をしていたのだろう。辰吉を見て、喜十郎が大きくため息をついた。

「あなた、本当に分かってないのねえ」

「何がですか」

「悪党のことよ」

「そりゃあ知りませんが」

辰吉は、自分のことをまっとうな町人だと思っている。喜十郎と一緒にはいるが、子分のつもりはない。暴力は苦手だった。ほんのちょっぴり道を踏み外したことは認めるが、悪党として生きていくつもりなど毛頭なかった。

「あのね、辰吉さん」

　喜十郎が教える口振りで言った。

「よその縄張りに手を出すなんて、喧嘩を売ってるも一緒なのよ」

「それは分かります」

「分かるんなら、答えは出てるじゃない」

「答え……ですか……」

「何よ、頼りないわねえ」

　喜十郎は笑った。辰吉は腕力に自信がなくて喧嘩も苦手だが、頭を使うことも得意ではなかった。

「勝蔵さんはケチな男よ。顔役でも何でもない。腕っ節だって、たいしたことがない。深川に喧嘩を売る度胸なんてないわ。そこまでは分かる？」

「そりゃあ、まあ」

　深川には、この喜十郎がいる。足を洗ったと本人が言おうと、誰も信じていない。勝蔵じゃなくても手を出そうとは思わないだろう。しかも海坊主は、手下を二人しか連れていなかった。喜十郎の縄張りを盗むつもりなら、最低でもその十倍、いや、二十倍は必要だ。

「だから、あれは嫌がらせ。縄張りを広げようと思ったわけじゃなくて、とうふ亭に嫌がらせをしたのよ」

「いったい、何のために……」

「頼まれたんでしょ」

「頼まれた？」

「そう。もちろん、ただじゃないわよ」

破落戸が金をもらって、誰かに嫌がらせをするのは珍しい話ではない。収入源の一つと言っていいだろう。

「誰が頼んだんですか？」

「日本橋の破落戸を雇ったんだから、日本橋の誰かに決まってるじゃないの」

思わせぶりな言い方だ。頼んだ人間の正体まで分かっているようだ。しかし、喜十郎はそこには触れずに話を進めた。

「勝蔵さんもお金をもらった以上、このまま引き下がれないわ」

「また、嫌がらせをするってことですか？」

「さあね。知らないし、興味もないわ。もう、お豆腐も食べられたから、私には関係ないわ」

喜十郎は欠伸をした。完全に興味を失っている。これ以上、かかわるつもりはないようだ。

†

喜十郎が勝蔵を追い払った三日後の夜、仁吉は店で頭を抱えていた。一難去ってまた一難というが、再び悪夢のような事態に襲われていた。

「……困ったことになった」

絞り出すように言った。さっきから同じ言葉を繰り返している。いつもは慰めるおみわだが、今日ばかりは言葉を失っていた。

ほんの半時前のことだ。亀戸村の百姓がとうふ亭にやってきた。そして、何の前触れもなく、いきなり仁吉に頭を下げた。

「すまねえが、豆腐を売ることができなくなっただ」

百姓の顔には痣があった。仁吉の目を見ようともしない。陽気な男だったのに、今は表情に影が差していた。

（いつかの破落戸のしわざだ）

すぐに分かったが、どうすることもできなかった。百姓は怯え切っていて、仁吉の話を聞こうとさえしない。

「勘弁してくれろ」

謝るだけ謝って、そそくさと帰っていった。他の百姓たちも手を引くと言っているそうだ。つまり、豆腐はもう手に入らない。

せっかく摑んだ糸が——店を続けるための仕入れ先との関係が、ぷつりと切れてしまった。

「こうなったら、家で豆腐を作るか」

仁吉が言っても、おみわは返事をしない。無理だと分かっているのだ。

(おれだって分かっているさ)

仁吉もおみわも、豆腐屋の修業をしたわけではない。作り方は知っているが、店で出せる豆腐を作れるとは思わなかったし、それを作るだけの大豆を仕入れる当てもなかった。

「……もう終わりだな」

そう呟いたとたん、身体から最後の力が抜けた。とうとう気力が尽き果てたんだと分かった。材料が手に入らなければ、飯屋を続けることはできない。

おみわもうつむき、唇を噛んでいた。夫婦の心は折れてしまった。妨害と戦い、店を続ける勇気が消えていた。

何もすることがなかった。

何もしゃべることがなかった。

やがて、ただ座っているのも辛くなり、仁吉は言った。

「暖簾を出したままだったな。片付けてくるぜ」

やっぱり、おみわは返事をしない。だが、唇を噛んでいる。暖簾を片付けてしまったら、二度と出すことはないと分かっているのだ。

――とうふ亭を閉店する。

仁吉は立ち上がった。しかし、外に出る直前に店の戸が開いた。そして、子どもの声が聞こえてきた。

「こんばんは」

店に入ってきたのは、顔を隠すほど編笠を深くかぶった子どもだった。どことなく大人びてはいるが、身体は小さく五歳か六歳くらいだろう。たぶん、男の子だ。

このあたりに子どもはいない。見かけたことがなかった。暗い夜に編笠をかぶっているのも不思議だ。

「どうかしたの？」

おみわが声をかけた。女房は、子ども好きだ。こんな夜更けに出歩いている子どもを心配したのだろう。

江戸の町には、迷子が多い。この子どもも、そんな一人なのかと、このときは思った。

だが、違った。迷子なんかではなかった。編笠を深くかぶった子どもは言ったのであった。

「おいら、豆腐を持ってきたんだよ」

†

とうふ亭の仁吉が、廃神社に顔を出したのは、桜の季節が終わろうとしているころのことだった。店が終わってから来たのだろう。すでにあたりは暗くなっている。

「もう十日前になりますが、編笠をかぶった子どもが店に来たんです」

話は、こんなふうに始まった。みやびも九一郎も、黙って聞いていた。

「その日から、ずっと店に顔を出します」

訪ねてくるだけではなかった。

「商売になるだけの豆腐を持ってきてくれるんです」

味のいい、とびきりの豆腐だというのだ。

「豆腐屋の子どもかしら」

みやびが思いつきを口にすると、仁吉が首を横に振った。

「近所の豆腐屋には子どもはいねえですし、仮にどこかの豆腐屋の子どもだったとしたって、商売物を勝手に持ち出せませんよ。しかも、毎日ですからね」

いろいろな可能性を考えたようだ。仁吉の言葉には、説得力があった。

「じゃあ、いったい？」

みやびが首をひねっていると、悪口が飛んできた。

「相変わらず、みやびは鈍いのう」

「うん。神がかって鈍い」

ニャンコ丸とぽん太だ。ちなみに、仁吉の額には肉球判子が押されている。話を始める前に、ニャンコ丸がぺたんと押したのだった。

「わたしのどこが鈍いのよ？」

「頭だな」

返事をしたのはニャンコ丸だ。即答であった。ひっぱたいてやろうかと思っていると、ぽん太が口を出した。

「ここは拝み屋だよ。迷子の相談に来るところじゃないから」

ぐうの音もでなかった。その通りだ。迷子の相談をする場所ではない。看板には、こう書かれている。

よろずあやかしごと相談つかまつり候

（ということは……）

考えるまでもない台詞をみやびは口にした。

「その子ども、妖なの？」

「うむ。話を聞くかぎり、豆腐小僧のようだのう」

有名な妖の名前が出てきた。豆腐を持つ子どもの妖怪だ。江戸では、人気者の妖だった。草双紙や黄表紙、怪談本に多く登場している。

妖が店にやって来ているというのに、仁吉は落ち着いていた。九一郎に向き直り、改まった声で始めた。

「今日、こうしてお伺いしたのは──」

だが、その言葉は遮られた。チビ烏が飛び込んできたのだった。

「カァーッ！」

ただ事ではない鳴き方だ。みやびには烏の言葉は分からないが、ここには仙猫がいる。ニャンコ丸は、チビ烏と話すことができた。ふむふむと話を聞いた後、思わせぶりに言った。

「噂をすれば影だのう」

「何があったの？」

問いかけると、ニャンコ丸が答えた。

「豆腐小僧が暴れてるそうだ」

†

仁吉が廃神社で話をしているとき、おみわは豆腐小僧と一緒に店にいた。営業時間は終わっているので、もう客はいない。豆腐小僧とふたりきりだった。

「本当にありがとう」

おみわは、豆腐小僧にお礼を言った。さっきから同じ言葉を何度も繰り返していた。いくら繰り返しても言い足りない。

この子どもの持ってきた豆腐のおかげで、とうふ亭は息を吹き返した。今まで以上に繁盛していたのだった。

客がたくさん来たこともうれしかったが、この子どもと一緒にいられることに幸せを感じていた。

その理由は、自分でも分かっていた。

だけど、言葉にはできない。言ってしまったら消えてしまいそうだから。夢のような時間が終わってしまいそうだから。

「そろそろ帰るね」

豆腐小僧は店から出ていこうとする。いつものことだ。豆腐を持ってきては勘定も受け取らずに、どこへともなく消えていく。でも、無愛想というわけではない。

「また明日、来てくれる?」

おみわが聞くと、ちゃんと返事をしてくれる。

「うん。とびきりの豆腐を持って来る」

おみわは、ほっとした。それは豆腐が手に入るからではなかった。明日もまた、豆腐小僧と会えることが幸せだった。

本当はずっとこの家にいて欲しいが、豆腐小僧には帰らなければならない理由があるのだろう。すでに店の外に出かかっていた。

「見送るわ」

「そんなの、いいよ」

豆腐小僧は遠慮したが、おみわは一緒に外に出た。少しでも長く一緒にいたかったのだ。

春も終わろうとしているのに、夜風は冷たい。豆腐小僧が風邪を引かないか心配になった。

「ちょっと待って。今、綿入れを持ってくるから」

長助のために縫った着物があった。捨てずにとっておいたものを、豆腐小僧に渡そうと思ったのだ。

「おいら、大丈夫だよ」

小さく笑って、闇の中に行ってしまった。どこか逃げるような足取りだった。

（踏み込みすぎたのかもしれない）

そう思いながら、おみわは小さな背中を見送っていた。見えなくなった後も、豆腐小僧の消えたあたりをずっと見ていた。寂しくなって涙が溢れそうになったが、奥歯を嚙んで堪えた。明日には、また会えると自分に言い聞かせた。

　勝蔵たちが現れたのは、そのときのことだった。

†

「おかみさん、こんな夜更けにお出かけかい」

　海坊主の勝蔵が馴れ馴れしく話しかけてきた。おみわが返事をせずにいると、勝手に話を続けた。

「まあ、いいや。今日は頼みがあってきたんだ」

「頼み？」

「そう。頼み。旦那はいるかい」

「で……出かけてます」

「そいつは都合がいいや」

　おみわの顔をなめるように見ながら、とんでもないことを言い出した。

「この町から出ていってくれねえかな」

拝むようなしぐさをして見せるが、薄笑いを浮かべていた。手下の破落戸どもも、にやにやと笑っている。脅しにかかっているのだ。

周囲に人通りはなく、仁吉は廃神社に行っている。おみわは怖かったが、負けるわけにはいかない。店を守らなければならない。

「帰ってください」

勇気を振り絞って追い払おうとしたが、声が掠れた。情けないくらい小さな声しか出なかったが、海坊主の耳には届いた。

「この町から出ていくつもりはねえってことか?」

「は、はい。ありません」

膝が震えたが、ちゃんと答えることができた。

「ふうん。そうかい。嫌かい。ま、仕方ねえな」

残念そうに肩を竦めてみせたものの、海坊主の笑みは大きくなっていた。おみわは、身の危険を感じた。そして、それは正しかった。

海坊主の勝蔵が舌なめずりしながら、連れている手下の破落戸どもに言った。

「おう、おめえらの出番だ」

「へいっ!」

待ってましたとばかりに声が上がった。破落戸どもが、おみわに近づいてくる。

「な、何を――」

「なあに、着物を脱がせて可愛がってやるだけさ」

手込めにするつもりだ。

「や……やめてくださいっ!」

悲鳴を上げて逃げようとしたが、勝蔵に腕を摑まれた。ものすごい力だ。おみわは、もう一度叫んだ。

「離してくださいっ!」

「うるせえっ!! おとなしくしろっ!!」

頰を張られた。目の前に火花が散り、おみわは地べたに転がった。痛さと恐ろしさで、もう悲鳴を上げることもできなくなった。

笑い声が聞こえ、言葉が降ってきた。

「おとなしくしてろ。三人で可愛がってやるからよ」

勝蔵が、おみわの着物に手をかけた。本気で脱がせるつもりだ。

(乱暴されるっ!)

恐怖に耐え切れず、おみわは目をつぶってしまった。真っ暗になった。いくつもの手がおみわの着物を剝ぎ取ろうとする。

(舌を嚙んで死んでしまおう)

こんな男たちに辱めを受けるより、死んだほうがましだ。おみわは、舌に歯を立てた。

その瞬間のことだった。

り、ん、と鈴が鳴、っ、た。

思い浮かんだのは、息子の長助の葬式のときに聴いたお、り、ん、の音……。

束の間、おみわを押さえつけていた勝蔵の手が消えた。肉を打つような鈍い音が鳴り、それから、蛙が潰れるような悲鳴が上がった。

「ぐわっ!」

おみわは、目を開けた。勝蔵が道端に倒れていた。気を失っているらしく、ぴ、く、り、とも動かない。

そして、そのそばに、豆腐小僧が立っていた。海坊主が倒れているのは、この子どものしわざらしい。手下の破落戸どもが、顔面を蒼白にしている。

「ば……化け物……」

呟く声が、がくがくと震えていた。おみわが目を閉じている間に、恐ろしいものを見たようだ。

「そうだよ。おいら、化け物なんだ」

豆腐小僧が独り言のように言い、静かな声で命じた。

「消えろ」

「は……はいっ！」

破落戸どもが飛び上がり、足をもつれさせながら逃げ出した。誰も勝蔵を助けようとしない。海坊主は地べたに転がったままだ。

豆腐小僧は目もくれない。編笠をかぶったまま、おみわにこう言った。

「あとは、おいらに任せて」

返事を待たずに歩き始めた。その足は、日本橋に向かっていた。

†

豆腐やの主は、甚治郎《じんじろう》という四十歳すぎの脂ぎった男だ。その容貌から、

「がま蛙《がえる》」

と、呼ばれている。それも、毒蛙だ。

金にものを言わせて、好き勝手な真似をする。暴力も厭わず、汚い手を使って競合する店を潰すのは、がま蛙の十八番《おはこ》だった。江戸でも指折りの悪辣な商売人だ。

その甚治郎が、屋敷の自分の部屋で呟いた。

「そろそろ終わっただろう」

勝蔵たち破落戸に命じて、とうふ亭を襲わせていた。もちろん犯罪だが、役人に袖の下を渡してある。仮に問題になっても勝蔵を切り捨てれば、甚治郎は傷を負わないように根回ししてあった。いつだって勝つのは、金を持っている人間なのだ。

甚治郎は、金が好きだった。たくさん持っているが、まだまだ欲しい。とうふ亭を潰せば、深川でもっと稼ぐことができる。

「今ごろ、どうなっていることやら」

がま蛙は、愉快だった。女房を手込めにしろと唆してある。勝蔵からの報告はまだ来ないが、楽しんでいるのだろう。想像しているうちに、酒を飲みたくなった。

「酒を持って来い」

廊下にいるはずの女中に呼びかけた。ついでに犯すつもりだった。金を払って雇っているのだから、それくらいの権利はあると思っている。

しかし、返事はない。静まり返っていた。

「罰が必要だな」

がま蛙は、声を出して笑った。理由をつけて女中を殴るのが好きだった。犯すより殴ったほうがいい。いや、殴ってから犯すか。「常に控えていろ」と命じてあったのに、その言い付けを守っていないのだから、折檻《せっかん》するのは当然だ。

手の届くところに木刀が置いてある。女中を殴るために作ったものだ。手加減をせずに殴りつけて殺してしまったこともあったが、がま蛙は気にしない。咎められたこともなかった。

「身体を動かすとするか」

甚治郎は木刀を手に取り、廊下に続く襖を開けた。だが、笑みは消えた。廊下の明かりが消えていたからだ。夜通し点けるように命じてあるのに、すべて消えていた。さっき厠に行ったときに点いていたはずの明かりが消えている。

(一度ならず二度までも言い付けを守らんとは)

今度こそ頭に血が上った。命令に背く者は我慢できない。

「誰だっ!? 誰が消したっ!?」

屋敷の外にまで聞こえる大声を出した。すると、返事があった。

「おいらだよ」

子どもの声だった。これには驚いた。

甚治郎には、妻も子どももいない。妾《めかけ》はいるが、別の屋敷に置いてある。子どもの声が聞こえるはずはなかった。

そして、奇妙な出来事は続く。戸でも開いているのか、ひゅうどろどろと生ぬるい風が吹いてきた。

鳥肌が立った。

(不気味な……)

そう思ったが、ここは自分の屋敷だ。気味悪く思う必要などない。鳥肌を立てた自分に腹が立った。

だから、がま蛙はぶっきらぼうに聞いた。

「おまえは誰だ?」

返事はなかった。深い沈黙が流れた。それは、背中が凍りつきそうになる沈黙だった。

何かがおかしい。

このときに逃げるべきだったが、甚治郎は判断を誤った。

怯えを押し殺して、もう一度誰何《すいか》しようとしたとき、暗闇に炎が浮かび上がった。

誰かが明かりをつけたのだろうか。

だが、火打ち石を叩いた音は聞こえなかった。何もないところに、突然、炎が現れたように見えた。

しかも、普通の炎ではない。青白い炎が、宙に浮いていた。行灯でも提灯でも蠟《ろう》燭《そく》でもあるまい。

（人魂《ひとだま》……）

そうとしか思えなかった。風もないのに、炎は揺れている。すぐそこにあるのに、まるで熱を感じない。

その青白い炎のそばに、編笠を深くかぶった子どもが立っていた。この真夜中に編笠を深くかぶって、なぜか豆腐を持っている。

「おまえは……」

問おうとした言葉は、途中で消えた。子どもが口を開き、素っ気ない声で名乗ったせいだ。

「豆腐小僧」

妖が、豆腐や甚治郎の前に現れたのだった。

†

場面は、拝み屋の看板のかかっている廃神社に戻る。仁吉とチビ烏から一連の事情を聞いた後、ニャンコ丸とぽん太が言った。

「放っておけばよかろう」

「うん。悪いやつは生きている資格がないよ」

「カァー」

チビ烏は豆腐小僧が日本橋に向かったところまでしか見ていないが、行き先は豆腐や本店だろう。そして、狙いは甚治郎しかあるまい。

「豆腐やごと潰してしまえばよい」

ニャンコ丸は容赦がない。いつもなら注意するみやびだが、今日はその気になれない。甚治郎のやり口は目にあまる。仕入れの邪魔をするだけでなく、おみわを襲わせるなんて許せることではない。

（潰されても自業自得だ）

と、思う自分がいた。

仁吉も同じ考えだろうと思ったが、その予想は外れていた。仁吉が九一郎に頭を下げたのだ。

「豆腐小僧を止めてください」

この頼みをするために廃神社に来たようだ。今、豆腐小僧が甚治郎を襲ったのは偶然だが、いずれ襲うことを予想していたのだろう。

でも、不可解だった。どうして助けようとするのか、みやびには分からない。甚治郎が憎くはないのか。

疑問に思ったのは、みやびだけだった。

「行ってみるでござる」

九一郎が返事をし、ニャンコ丸が口を挟んだ。

「そう言うと思っておったのう」

唐土の仙猫は、分かったような顔をしている。こいつの場合、知ったかぶりをしている可能性もあったが、今日は何かに気づいているようだ。

「止めるのなら、早く行ったほうがいいのう。豆腐小僧は怒っておるだろう。甚治郎が血祭りに上げられてしまうぞ」

ニャンコ丸の言葉に、九一郎が頷いた。

「その通りでござるな」

そして立ち上がり、廃神社の外に出ていった。仁吉が、無言でその後を追う。

甚治郎のことはどうでもいいが、九一郎は病み上がりだ。放ってはおけない。それに、豆腐小僧のことも気になる。

「待ってください。わたしも行きます」

みやびが立ち上がると、ニャンコ丸たちが話し合いを始めた。

「仕方がない。わしも行くとするか。ぽん太、豆腐やまで連れて行け」

「無理。傘、壊れちゃったんだ」

「おぬしの傘は、いつも壊れておるのう」

「うん。おいらの傘、か弱いの。だから走っていこう」

「走るのはくたびれるが、仕方あるまい。その代わり、豆腐やで飯を食わせてもらうぞ。よいな、みやび」

「カァー」

なぜか、こっちの顔を見る。突っ込むのも面倒なので頷いておいた。

「話は決まった。行くとするかのう」

ニャンコ丸が言った。

こうして、ぞろぞろと日本橋に行くことになったのであった。

†

江戸は、水路の町だ。日本橋にも、日本橋川をはじめとする川が流れていた。堀割もたくさん作られている。

川は、人や物を運ぶ重要な手段だ。その便利さから、川のそばに店を構える商人は多い。豆腐やも、そんな店の一つだった。

また、気取った料理屋にありがちなことだが、人通りの少ない静かな場所に建っていた。周囲に、民家は見当たらない。

みやびたちは、日本橋川のそばまでやって来た。この時間、いつもなら川のせせらぎが聞こえるだけだが、この夜は男の悲鳴が聞こえた。

「助けてくれっ!」

野太い男の声だった。店の中からではなく、川に架かる橋の上のほうから聞こえてくる。

「甚治郎の声だ！」

仁吉が叫ぶように言った。豆腐やの主人が助けを求めているのだと分かった。

「あの橋は――」

言いかけて、みやびは息を呑んだ。その橋のことを知っていた。

「身投げ橋」

と、地元の人間は呼んでいる。川の流れが激しく水深もある場所に架かっていて、この橋から飛び降りると、十中八九は助からないと言われていた。自分の命を絶つために訪れる者も多い。

まだ距離があったが、辛うじて様子が見えた。その橋の上で、編笠をかぶった幼い子ども――おそらく豆腐小僧が、右手一本で甚治郎を持ち上げている。

（投げ落とすつもりだ）

今にも放り投げそうな素振りを見せている。

身投げ橋までは、まだ距離があった。必死に走っているが、間に合いそうにない。

もう駄目だと思ったときだった。

みやびの隣を走る九一郎が、真言を唱え始めた。

オン・アボキャ・ベイロシャノウ
マカボダラ・マニハンドマ
ジンバラ・ハラバリタヤ・ウン

朗々とした美しい声が、日本橋の夜空に響いた。

妖を召喚して、豆腐小僧を止めようとしているのだろう。九一郎の意図は分かったが、やっぱり間に合わなかった。妖が現れるより先に、豆腐小僧が甚治郎を放り投げたのだった。

「ひぃっ!!」

断末魔にも似た悲鳴が上がった。甚治郎の身体が川面に落下していく。早くも勢いがついている。日本橋川に叩きつけられそうだ。

「死んだな」

ニャンコ丸が諦めた声で呟いたが、九一郎は首を横に振った。

「死なせないでござるよ」

手を合わせたまま言い、早口に言葉を発した。

臨・兵・闘・者・皆・陣・列・在・前

九字の呪《じゅ》――護身の秘呪として用いる九個の文字だ。

これを唱えながら、指で空中に縦四線、横五線を書けば、どんな強敵も恐れるに足りないと言われている。もとは道教に由来するものであるが、陰陽師や修験者《しゅげんじゃ》などもこの呪文を用いる。拝み屋も使うことがあった。

甚治郎が川面に叩きつけられる寸前、川岸の木の枝がぎゅんと伸びた。そして、網のように広がり、甚治郎を摑まえた。

「九一郎さま、これでよろしいでしょうか」

どこからともなく、声が上がった。妖が現れたのであった。姿は見えないが、人とは違うものの気配があった。

みやびには、その正体が分からなかったが、ぽん太とチビ烏はすぐに気づいたようだ。

「木魅《こだま》だね」

「カァー」

山や雑木林に棲んでいた彼らには、馴染みのある妖だった。

百年の樹には神ありて
かたちをあらはすといふ。

と、鳥山石燕の『画図百鬼夜行』に書かれている。木霊、木魂、谺、古多万とも表記される。木の精霊や神の意味だ。

神と妖の間に大きな差はない。鬼や鵺などの妖が神社に祀られていることも珍しくないくらいだ。九一郎は、木魅を召喚したのだった。

「ご苦労。地べたに置いてくれ」

九一郎の声は冷たい。呼び出した妖と話すとき、ときどき、こんな声を出す。まるで別人みたいだ。

「御意」

甚治郎の身体が、九一郎たちの足もとに放られた。木魅の仕事は、これだけだったようだ。川岸の木がもとに戻り、妖の気配は消えた。どこかに帰っていった。

「た……助かった……」

がま蛙が、息も絶え絶えに言った。よほど恐ろしかったのだろう。冷や汗だか脂汗だか分からぬもので、顔がぐっしょりと濡れていた。

「助かってはいない」

そう言ったのは九一郎だ。甚治郎に歩み寄り、氷のような声で言った。

「二度と深川に近づくな」

がま蛙の身体が、びくりと震えた。

「も……もちろんだ」

怯えた顔でそう言ったが、ニャンコ丸は信用しなかった。

「口約束なんぞ、この手の輩には意味がないのう」

（その通りだ）

みやびは無言で頷いた。また、何かやるに決まっている。あくどい真似をやめるわけがない。見つからなければ、何をやってもいいと思っている。陰で私腹を肥やすのだ。

「じゃあ、やっぱり川に沈める？」

ぽん太が、物騒なことを言い出した。軽い口振りだが、間違いなく本気で言っている。

「それでもよいが、もっと面白い方法があるのう」

「面白い？」

「うむ」

ニャンコ丸は頷き、目にも留まらぬ早業で甚治郎の額に肉球をぺたん、と押し付けた。肉球判子だ。これで妖の言葉が分かるようになった。

「おい、がま蛙。わしの話を聞け」

ニャンコ丸に言われ、甚治郎が目を剝いた。

「ぶ……ぶたがしゃべった……」

「誰が、ぶただっ!?」

ニャンコ丸がキレた。甚治郎の怯えが大きくなった。人語を操る猫に怒鳴りつけられたのだ。怖いに決まっている。

「これは……いったい……」

と、途方に暮れた顔になった。自分が何に巻き込まれているのか、分からないのだろう。

ニャンコ丸が仕切り直した。

「これから、おぬしをいいところに連れていく」

「いいところって――」

まさか地獄を召喚するつもりか。大惨事が起こりそうである。

「非常に残念だが、地獄は呼べぬのう」

みやびの心の中をのぞいたように言った。ニャンコ丸の言葉に、ぽん太とチビ烏が同意する。

「うん。無理。おいらの傘、壊れちゃっているから」

「カァー」

そういえば、出かけるときにそんなことを言っていた。無茶な使い方をしているせいだろう。ぽん太の傘は、いつだって壊れている。

だが、すると、甚治郎をどこに連れていくつもりなのか分からない。

首を捻るみやびを尻目に、ニャンコ丸ががま蛙に問いかけた。

「イネという女医者を知っておるか？」

反応は大きかった。

「ま、ま、まさか……」

甚治郎は、娘医者を知っていたようだ。死にかけた金魚のように、口をぱくぱくさせている。

その金魚に餌をやるように、仙猫が言葉を投げた。

「新しい薬を作ったので試してみたいそうだ」

「ひぃ！」

がま蛙が悲鳴を上げた。さっきよりも大きい。

「人の肝も欲しがっていたよ」

ぽん太が付け加えると、ただでさえ血の気の引いていた甚治郎の顔が完全に真っ白になった。妖よりも、イネのほうが怖いようだ。

秀次から聞いた話だが、人の身体を切り刻み、化け物人間を作ろうとしている噂があるという。

(化け物人間って、絵草紙じゃあるまいし)

みやびは失笑したが、甚治郎は真に受けているようだ。

「い……嫌だ……。き……切り刻まれる……」

がたがた、がたがたと震え出した。子どものような恐がり方だ。そして、とうとう叫びだした。

「勘弁してくれっ！」

「断る」

即答であった。ニャンコ丸は、イネに差し出すことに決めていた。処刑を伝える老役人のような口振りで言った。

「行くぞ」

「さっさと歩いたほうがいいよ」

「カァー」

妖たちが甚治郎を引き立てた。

「お願いだから、やめてくれ……」

がま蛙は泣いていた。

みやびは何も言わずに見送った。

†

橋の上には、豆腐小僧と仁吉がいる。豆腐小僧を追いかけてきたらしく、おみわの姿も見えた。

とうふ亭夫婦は、口を開こうとしない。豆腐小僧も黙っていた。引き立てられていく甚治郎を見もしなかった。興味がないのではなく、目の前のことに気を取られているのだ。

仁吉とおみわ、豆腐小僧は互いに見つめ合っていた。静かに橋の上に立っている。永遠とも思える長い沈黙があった。みやびや九一郎も割り込むことのできない沈黙だ。

その沈黙を破ったのは仁吉だった。

「おまえ、長助なんだろ？」

死んでしまった息子の名前を口にしたのであった。


七歳までは神のうち。


そんな言葉がある。

この時代、子どもの死亡率は高く、七歳まではいつ死んでもおかしくないと考えられていた。愛する我が子が死んでしまう悲しみを、ほんの少しでも和らげようとして作られた言葉なのかもしれない。

長助は、夫婦の一粒種だ。普通の赤ん坊よりも小さな身体で生まれてきたせいか、丈夫ではなかった。ずっと病気がちだった。起きているときより、布団で寝ている時間のほうが長かった。

ずっと寝ついていると、大人でもわがままになるものだ。ましてや、頑是《がんぜ》ない子どものことだ。わがままを言いそうなものだが、長助は親を困らせなかった。できた子どもだった。

熱を出して寝込んでいても、泣き言一つ言わなかった。

「大丈夫……。おいら、平気だから……」

と、両親を安心させようとした。いじらしい子どもだった。

医者に診せるのも、薬を買うのも大金がかかる。庶民には高嶺の花だが、仁吉とおみわは必死に働き、ときには借金をして、病気の我が子を医者に診せたり薬を買ったりした。

「おあしをたくさん使わせてごめんね」

子どものくせに、そんな心配までした。寺子屋に行ったこともないのに、長助は聡い。

「気にすんじゃねえ。元気になったら、たんと店を手伝ってもらうからな」

仁吉が言うと、長助は笑った。だけど、その笑い顔は寂しげだった。まるで自分の寿命を知っていたかのように、元気になった後のことは何も話さなかった。実際、長助の身体は丈夫にならなかった。

ある夏のことだ。その年は気温が上がらず、冷たい雨が飽きることなく降り続けていた。冷害だ。作物が収穫できずに百姓たちは頭を抱え、町人たちはいつまでも綿入れを手放せなかった。

「悪《わり》いことが起こりそうだぜ」

「ああ、こんな天気の年はろくなことがねえ」

「嫌な予感しかしねえや」

人々は言い合った。よい予感は当たらないが、悪い予感は高い確率で的中する。このときもそうだった。性質《たち》の悪い風邪が流行り、江戸中の人間が倒れ始めたのであった。

古来、火事や地震よりも人々に恐れられていたものがある。疫病だ。疱瘡や麻疹と並んで、「流行り風邪」で命を落とす者も多かった。「お七風」「お駒風」「琉球風」など、恐ろしい名前が付くこともあったくらいだ。

仁吉とおみわは平気だったが、長助が罹患した。高い熱を出して、咳が止まらなくなった。ただでさえ痩せた身体が、骨と皮だけになってしまった。抱き上げると、鳥の羽のように軽かった。

「長助を助けてください」

夫婦は、神仏に手を合わせた。

流行病を治してくれる医者をさがして駆け回った。

自分の命と引き換えにしても、幼い息子の病を治そうとした。

だが、願いは叶わなかった。神も仏も医者も、長助を助けてくれなかった。そう、誰も助けてくれなかった。

夏が終わり、秋になった。気温が上がらないまま、冬を迎えようとしていた。それは、息が白くなるほど寒い夜のことだった。長助が、掠れた声で両親を呼んだ。

「おっとう、おっかあ」と言った。

「どうした？　どこか痛いのか？」

「ううん……。もう痛くないよ……」

その声は澄んでいて、やせ我慢しているようには聞こえなかった。汗もかいていない。熱が下がったように見えた。

「よかったな。よかったな」

仁吉は繰り返した。治ったのではないと分かっていたが、そうとでも言わなければ耐えられそうになかった。溢れてくる涙を止められずにいた。隣では、おみわも泣いている。

涙も拭わず、夫婦で長助の手を握った。体温の感じられない冷たい手だった。息子の手をこすって温めようとしたが、ちっとも温かくならない。それなのに、長助は言った。

「おっとうとおっかあの手、すごくあったかいや」

それから、ゆっくりと目を閉じた。そして、口が動いた。

「……ごめんなさい」

それが最期の言葉になった。親より先に死ぬことを詫びながら、長助は死んでしまった。あの世に行ってしまった。

長助の亡骸は、墓に埋められた。仁吉とおみわは、泣きながら暮らした。今でも息子のことを思い出すと、涙が溢れてくる。どんなに店が繁盛しようと、長助のいない人生は寂しかった。

子どもを失った親の考えることは一緒だ。幽霊でもいいから、我が子に会いたいと思った。

もう一度、頭を撫でてやりたかった。

長助と話したかった。

その願いが叶った。

神さまとやらが、願いを聞いてくれた。

豆腐小僧は、きっと、死んでしまった長助だ。

長助が帰って来た。

†

「おまえ、長助なんだろ？」

仁吉がそう聞いても、豆腐小僧は返事をしない。しかも、この暗い中で編笠をかぶっているので顔も見えなかった。

でも、人違いだとは思えない。最初は自信がなかったが、とうふ亭で何度も会っているうちに、

(長助に違いねえ)

と、確信した。

返事をしないのは、何か事情があるからだろう。長助は思慮深い子どもだ。正体を言ってはならないのかもしれない。それでも、夫婦は返事を待っていた。我が子の声を聞きたかった。

だが、豆腐小僧は何も言わないまま、仁吉とおみわに背を向けて歩き出した。夫婦から離れていこうとする。橋の向こう側に行ってしまおうとしている。

「ま……待ってくれ」

「お願い。行かないで」

仁吉とおみわが追いかけようとした。豆腐小僧にすがりつこうとしたのだ。しかし、遮られた。

「止めては駄目でござる」

九一郎が、いつの間にか橋の上に立っていた。夫婦の肩に手を置いて、追いかけて行かないように押さえている。

「邪魔をしないでください」

仁吉とおみわは手を振りほどこうとするが、九一郎は離さない。優男なのに、力は強かった。でも、その声はやさしい。

「成仏させてやるでござるよ」

と、九一郎が語りかけるように言った。

「成仏……ですか？」

「さようでござる。この世に未練を残すと、成仏できずに妖になることがあるのでござるよ」

「未練ってあの子は――」

仁吉の言葉を皆まで聞かずに、美貌の拝み屋は続けた。

「この世に残した者を心配しているのでござる」

「長助は……」

仁吉の言葉は続かなかった。頬を打たれた気がした。人は死ぬと浄土に行くものだが、長助はそこに行くことができなかったのだ。

すると、豆腐小僧が立ち止まり、こっちを見た。橋を渡りきる寸前のところまで進んでいた。闇に消えるぎりぎりの場所だ。

暗闇と編笠のせいでやっぱり表情は見えないが、仁吉とおみわを心配しているようにに思えた。

(このままでは成仏できない)

親として、これほど悲しいことはない。長助が現世にいるのは成仏していない証拠なのだ。

仁吉は、言葉を絞り出した。

「もう大丈夫だから」

少し声が掠れたが、ちゃんと言うことができた。豆腐小僧に言い聞かせるように言った。

「心配しなくて大丈夫だから、ちゃんと生きていくから、おまえは休め」

悲しい気持ちになったのは、父親だけではなかった。

「そうよ。だから、ゆっくり休んで」

女房の声が聞こえた。夫婦は泣いていた。

長助が死んだときと同じように、二人とも涙を拭わなかった。そんなわずかな時間さえ惜しんで、豆腐小僧を見ていた。その姿を瞼《まぶた》に刻もうとした。

「大丈夫だから。おまえは休んでおくれ」

仁吉は繰り返した。親は、子どもの幸せを祈るものだ。成仏できないと聞いて黙っていられるはずがない。我が子が、この世をさまよい続けるなんて我慢できるはずがない。あの世で幸せになって欲しかった。

「何があっても負けないから」

おみわが約束した。死んでしまった息子との約束だ。成仏して欲しい、と夫婦は願っていた。

この世は残酷だ。人の願いは、滅多に叶うことがない。でも、気持ちは通じる。

豆腐小僧が編笠を外し、顔を見せてくれた。

やっぱり、我が子だった。

仁吉とおみわの息子だった。

豆腐小僧が――いや、長助が二人に話しかけてきた。

「おっとう、おっかあ」

昔と同じ声だ。そう呼ばれることは、二度とないと思っていた。それなのに、声を聞くことができた。

涙が止まらない。

膝が震えた。

こらえてもこらえても、嗚咽《おえつ》が込み上げてくる。

(泣いちゃいけねえ。長助が成仏できなくなっちまう)

もう泣いているくせに、仁吉はそう思った。強がってみせるのだって親の役目だ。

仁吉は唇を噛み、無理やり威勢のいい声で聞いた。

「長助、何でえ?」

隣には、おみわがいる。女房も涙を抑えようと口を固く結んでいた。

「そろそろ行くね」

長助が言った。それは、別れの言葉だった。

だが、すぐには歩き出さずに、仁吉とおみわに頭を下げた。

「ありがとう。おいらを産んで、それから育ててくれてありがとう」

「それは、こっちの台詞だ。おれらの子どもに生まれて来てくれて、本当にありがとうよ。おっとうとおっかあは、江戸で一番の幸せ者さ」

口を衝いて出た言葉は本音だった。長助の親になれただけで、仁吉は幸せだった。たくさんの思い出をもらった。悲しい記憶も多いが、それだって大切な時間だ。

「長助、元気でね」

おみわが泣きながら言った。

「う……うん」

長助の目にも涙が光っていた。その涙を編笠で隠し、それ以上は何も言わずに歩き始めた。橋の向こう——たぶん、あの世に行こうとしている。

仁吉とおみわも、もう何も言わない。ただ、小さな背中をじっと見ていた。

第四話　河童

豆腐小僧の事件が解決した翌日、九一郎が再び熱を出した。

「何かあったら、わたしをすぐに呼べ」

そうイネに言われていたので、即座に廃神社に来てもらった。

「先生、九一郎さまが――」

みやびは病状を説明しようとしたが、遮られた。

「聞かずとも予想はつく」

にべもなく言って、九一郎の寝ている部屋に行き、さっさと診察を始めた。予想がつくという言葉に嘘はなく、瞬時に診断をくだした。

「また妖熱だ。術を使ったな」

「す……すまないでござる」

九一郎は答えた。熱にうかされているらしく、苦しそうな声だ。みやびは心配で胸が潰れそうだったが、イネは素っ気ない。

「わたしに謝っても仕方なかろう」

突き放すように言って、

「口を閉じておとなしくしておれ」

と、九一郎を寝かしつけてから、みやびに命じた。

「薬を飲ませた。眠らせておけ。一眠りすれば熱は下がる」

「ありがとうございます」

「うむ」

例によって無駄口を叩かない。さっさと帰っていこうとする。病を治すことにしか興味がないようだ。

見送りを兼ねて廃神社の外まで一緒に行き、みやびはイネに聞いた。

「薬礼はおいくらでしょうか」

前にも述べたが、医者代は安くはない。前回はチビ烏を引き取ることで無料にしてもらったが、毎回無料というわけにはいかない。そもそも医者代を九一郎から預かっていた。

だが、イネは断った。

「いらぬ」

「え？」

「金なら、もうもらった」

「もらった？」

聞き返すと、謎が深まった。

「正確には金ではない。いや、金か。うむ。金ももらったな」

独り合点しているが、みやびにはまったく分からない。いつものことだが、イネの言葉は不思議だ。

もう少し詳しく説明する必要があると思ったのだろう。イネが最初から話してくれた。

「おぬしのところの猫と狸と烏が、甚治郎とやらを家に連れて来た」

すっかり忘れていたが、確かにそんなことがあった。本当に薬の実験台にしたのだろうか？　それとも甚治郎の肝を抜いたのか？　まさか切り刻んだりはしていないと思うが……。

恐ろしい想像を始めたみやびを尻目に、イネは続ける。

「甚治郎とやらは身体の調子が悪かったらしく、ひどく脂汗をかいていた。冷や汗も混じっていたな。尋常ではない汗のかき方をしておった」

「はあ……」

身体の調子が悪いのではなく、イネに怯えていたのだろうが、娘医者は気づかなかったようだ。

「診察をしてやったら、がたがた震え出した。病にかかっている様子はなかったが、脈が速く顔色も悪かった」

「はあ……」

さっきから同じため息しか出ない。言うべき台詞が見つからなかった。

「とりあえず身体を温める薬を出してやった。他の薬も調合してやろうと思ったが、本人が断りおった。『命だけはお助けください』と大袈裟なことを言って、大金を置いていった。命を助けるのは医者として当たり前のことなのに、顔に似合わず律儀な男だ」

イネも甚治郎も、お互いに勘違いをしている。その誤解を解いたほうがいいのか、みやびには分からない。

「そういうわけで金はたんまりともらった。気にしなくともよい」

「はあ……」

やっぱり、他に返事のしようがなかった。豆腐小僧の一件が、こんなふうに影響してくるとは予想もしなかった。

「それに、九一郎の病には興味がある。いつでも呼べ」

イネは話を切り上げた。そのまま帰っていくのかと思ったが、娘医者はふと足を止めた。廃神社の前に置いてある看板を見た。

その視線の先にあるのは、剣術道場のほうではなく九一郎の看板だった。

よろずあやかしごと相談つかまつり候

看板に書かれている文字を読むように視線を動かしてから、小さく手を打った。

「その手があったか」

「その手？」

「頼みたいことがある」

鈍いと言われることの多いみやびにも、イネが何を言おうとしているのかは分かった。

「もしかして――」

「そうだ。妖がらみの頼みだ。頼まれてくれぬか？」

みやびは、返事を躊躇った。拝み屋は、九一郎の仕事だ。みやびでは何の役にも立たない。その九一郎は身体の調子を崩している。誰がどう考えたって、断るべきだろう。

考えたことが伝わったらしく、イネが聞いてきた。

「おまえだけでは無理か？」

九一郎を働かせるつもりはないようだ。みやびに依頼していた。一人で妖がらみの事件をやれというのだ。

——無理。

そう答えようとしたとき、横から声が飛んできた。

「その依頼、引き受けてやってもよいぞ」

「おいらたちが力になるよ」

「カァー」

ニャンコ丸とぽん太、そしてチビ烏だ。待ってましたとばかりに、境内の茂みから顔を出したのだった。そろいもそろって頭に枯れ葉を載せている。隠れて話を聞いていたようだ。

突然、ニャンコ丸たちが現れたのに、イネは驚かない。隠れていたことを知っていたかのように質問をした。

「妖が、妖がらみの事件を担当するのか？」

「悪いか？」

「いや、興味深い」

「じゃあ決まりだね」

「カァー」

みやびが口を挟む暇もなく、話がまとまってしまった。前にも思ったことだが、イネは人間よりも妖を相手にするほうが話が進むようだ。

言いたいことはいろいろあったが、こうなったからには引き受けるしかない。イネには世話になっているので、力になりたいという気持ちもある。

だが、まずは、何が起こったのか知る必要があるだろう。みやびは、ニャンコ丸たちに割り込むようにして聞いた。

「何があったんですか？」

「河童《かっぱ》がいなくなった。さがして欲しい」

これが、イネの依頼だった。

†

江戸時代、人の寿命は短かった。詳しい資料は残っていないが、平均寿命が二十代だったという説もある。

ただ、乳幼児や出産で命を落とす女が多かっただけで、六十歳すぎの高齢者がいなかったわけではない。白髪頭の老人たちは、どの町にもいた。

与作《よさく》もそんな一人だ。今年六十歳になった。家族はいない。四十年前に妻と赤ん坊を失った。お産が上手くいかなかったのだ。

後添いをもらわないかという話はあったが、その気になれずにぐず、ぐず、しているうちに、六十歳になってしまった。もう縁談を持ち込む人間はいない。親しくしていた友人たちも、この世に残っていなかった。いつの間にか、話す相手さえいなくなっていた。長寿はめでたいけれども、長く生きただけ孤独になることは多い。

与作の家は、代々の百姓だ。だが、大百姓ではない。深川の外れにある小さな畑を耕して暮らしていた。

暮らしは楽ではない。与作の作る野菜の評判は悪くはないが、小さな畑のことで大々的に売るほど収穫できるわけではなかった。

しかも、年を追うごとに体力がなくなり、作付《さくつけ》面積は減っていた。畑に出るのを億劫《おっくう》に思う日も増えた。気力も衰えている。いずれ何も作れなくなってしまうだろう。

（それも仕方がない）

最近では、すっかり諦めていた。年を取ると、いろいろなことを諦めるようになる。生きることさえ面倒くさくなってしまうのだ。


去年の夏のことだった。与作は暑気にあたって畑で倒れ、たまたま通りかかった女医者に助けられた。

与作の孫と言ってもいい年ごろの娘だったが、医者としての腕はよく、また威厳もあった。口調も大人びていた。

「おとなしく寝ておれ。五日もすれば、もとに戻る」

「五日も？」

「五日で済んでありがたいと思え。おぬし、最近、あまり飯を食っていなかっただろう」

ずばりと言い当てられてしまった。飯を作るのも食うのも面倒になっていた。叱られるかと思ったが、女医者は小言を言わなかった。その代わり、妙なことを言い出した。

「毎日、ここに来る。年寄りに飯を食わせる方法を考えるのも興味深い。医食同源とやらを試してみようと思っておる」

何を言っているのか分からなかったが、女医者は本当に通ってきた。そして、料理を作ってくれた。薬草を煎じた粥や獣肉、鶏卵を食べさせられた。不思議な味のものもあったが、なぜか全部食べてしまった。

料理上手とは少し違う気がする。発言も、普通の女とは違った。

「おぬしの好む味付けは、すべて把握した」

金を払うと言っても受け取らない。

「新しく手に入れた薬を試すことができた。むしろ払いたいくらいだ」

真面目な顔で言うのだった。

女医者のおかげで五日後には起き上がることができた。倒れる前よりも身体が軽いような気がした。

「冬虫夏草の椀が効いたようだな。ふむ。興味深い」

相変わらず意味の分からないことを言って、帳面に何やら書き付けていた。とにかく与作は元気になった。

「もう畑仕事をしても問題なかろう」

お墨付きをもらって、改めて畑のことを考えた。運の悪いことに、与作が寝込んでいた五日間、雨の一滴も降らなかった。日射しの強い夏のことだ。水をやらなければ野菜は枯れてしまう。

（駄目になってしまっただろうな）

ため息が出た。今さら悔やんでも仕方がない。イネが帰った後、枯れた作物の後始末をするつもりで畑に出た。そして、驚いた。

「これは……。どういうことだ？」

野菜は枯れていなかった。それどころか青々としている。倒れる前よりも元気なくらいだ。

季節や天気によってはあり得ないことではないが、畑を見ると雑草が抜いてあった。誰かが手入れをしてくれたとしか思えない状態だ。

「だが、誰が……」

心当たりはなかった。女医者は親切にしてくれたが、畑のことまで気が回らないだろう。野良仕事をする人間でもない気がする。

狐につままれたような気分だったが、狐はこんな化かし方はしないだろう。野良仕事をしてくれる狐なんて聞いたことがない。

「分からんのう……」

そう呟いたときだった。与作の背後から声が飛んできた。

「おい、じじい。やっと出てきたな」

かん高い子どものような声だった。

畑の周囲に民家はなく、当然、子どももいない。そもそも、与作に話しかけてくるような人間はいなかった。

「誰だ？」

問いながら振り返った。顔には出なかっただろうが、心臓が止まるほど驚いた。

与作の目に飛び込んできたのは、人間の子どもではなかった。

「お……おまえは……」

続きの言葉が出て来ない。

「元気になったみてえだな」

親しげに言ったのは、なんと、河童だった。

河童は、有名な妖だ。たくさんの目撃談があり、似顔絵も残っている。大川にも棲んでいると言われていた。

その代表的なものは、二から十歳くらいの子どものような姿で、おかっぱ頭をしていて、その頭のてっぺんに皿がある。目はまん丸で、口は尖っていた。そして、背中には、亀のような甲羅を持っている。

与作の前に現れた河童は、十歳くらいの子どもに見えた。背丈も低く、与作より頭二つか三つ分小さい。

河童はきゅうりが大好物で、畑を荒らすとも言われていた。しかし、与作の畑が荒らされたことはなかった。だから、この河童は怖くない。人のよさそうな顔をしている。人間を襲う妖には見えなかった。

与作は、逃げることなく質問をした。

「おまえが畑の面倒を見てくれたのか」

「そうだ」

胸を張って威張っている。褒めてくれと言わんばかりだ。やっぱり、悪い河童ではないようだ。

「助かった。ありがとう」

「礼はいいから、酒を飲ませてくれよ」

その口振りはねだっているというより、照れ隠しに言ったようだった。河童のおかげで作物を枯らさずに済んだのだ。酒くらい安いものだ。

「ああ、いいとも」

与作は、とっておきの酒を振る舞った。


その後も、河童が畑に来るようになった。毎日のように顔を出しては、野良仕事を手伝ってくれた。与作の十倍も二十倍も働いた。

「いつもすまんな」

礼を言うと、河童は答える。

「いいってことよ」

恩着せがましいことは言わなかったが、日が暮れると決まって言う言葉があった。

「今日はこれくれえにして、酒を飲もうぜ」

与作にせびっているのではない。どこで手に入れたのか、河童は瓢簞《ひょうたん》に酒を入れて持ってきていた。

「おれの奢《おご》りだ。じいさんも飲め」

酒目当てで手伝っているのではなかった。だが、すると、こうして野良仕事に来る理由が分からない。与作は聞いた。

「どうして手伝ってくれるんだ？」

「どうしてって……」

意外な質問だったらしく、河童は口を閉じた。腕を組んで考えている。与作は急かさなかった。自分にとっても、その返事が大切なもののような気がしたのだ。

やがて河童が口を開いた。

「じいさん、独りぼっちだろ？」

「ああ。独りぼっちだ」

「おれもそうなんだ。仲よくしようぜ」

こうして、ふたりは友達になった。与作にとっては、人生で最後の友達になるのかもしれない。そんな出会いだ。

†

イネの話を聞いて、ニャンコ丸たちが一斉にしゃべり出した。

「あの川に棲んでいる河童は、寂しがり屋だからのう」

「うん。そうみたいだね」

「カァー」

河童のことを知っているようだ。その川に河童が棲んでいるという噂は、みやびも聞いていたが、性格までは知らない。妖には、妖の世界があるのだ。人間の知らないことは多い。

「おじいさんと仲よしの河童がどうかしたんですか」

話を促すつもりで聞くと、イネが最初の言葉を繰り返した。

「だから、いなくなった」

その返事を聞いて、ニャンコ丸が質問する。

「河童のことを心配しておるのか？」

「心配しているのは、わたしではない」

「ん？」

「与作だ。河童のことを心配して、飯も喉を通らなくなっておる。せっかく治したのに、また倒れてしまう。迷惑な話だ」

チビ鳥のときにも感じたことだが、イネは意外に情が厚い。一度、患者になると、とことん面倒を見る種類の医者のようだ。

ニャンコ丸が、独り言のように呟いた。

「河童は、どこに行ったのかのう」

妖にも縄張りがある。人間や獣がそうであるように、自分の縄張りから出ることは滅多にない。

「分からぬから、こうして頼んでおる」

まあ、そうだろう。この娘なら、妖だろうと自分で連れ戻しそうだ。

納得していると、イネが改めて依頼を言った。

「行方不明の河童をさがしてくれ」

†

「まずは、与作とやらに会うとするかのう」

「うん。話を聞かないとね」

「カァー」

イネが帰った後、そんなふうに話が進んだ。出かけることになったのだ。

「九一郎は連れていけぬな」

薬を飲んで寝ている。さすがに無理だし、休ませておきたかった。

みやびとニャンコ丸、ぽん太、チビ烏。この面子で河童をさがしにいくしかないのだが、少々、心細い。すると、ニャンコ丸が言った。

「秀次を呼ぶか」

「駄目よ」

みやびは止めた。当たり前のことだが、岡っ引きに拝み屋の仕事を手伝わせるわけにはいかない。

「ならば、熊五郎を呼ぶか」

「それも駄目」

熊五郎は下っ引きだ。秀次の手下を務めている。やっぱり、手伝わせてはならない。だいたい、呼ぶいわれもない。

「わたしたちだけで何とかしましょう」

みやびが言うと、一斉にため息をつかれた。

「つまり、わしらに頼るのだな」

「みやびは、いつもそうだよね」

「カァー」

あながち間違っていなかった。少なくとも、今回は一緒に来て欲しい。みやびは聞こえないふりをして道を歩いた。

時刻は、夕方――間もなく、暮れ六つになる。夏が近いせいか、地べたが熱を帯びていた。

与作の畑は、亀戸村のすぐ近くにあった。周囲に何もない場所だ。沈む夕陽を背にするように、痩せた老爺が立っていた。その姿は、ただ立っているだけのようにも、遠くを眺めているようにも見える。影法師が長く伸びていた。

ニャンコ丸が歩み寄り、その年寄りに話しかけた。

「おぬしが与作だな」

「そうだ」

痩せた老爺――与作は頷いた。ニャンコ丸の言葉が分かるようだ。河童と親しくなるくらいだから、妖に敏感なのかもしれない。そうでなくとも、年寄りは妖が見えることが多いものだ。

「あんたたちが、河童をさがしてくれるんだね。さっき、イネ先生が教えてくれた」

廃神社を出た後、女医者はここに来たようだ。おかげで話が早い。相変わらず、やることにそつがない。

感心していると、与作がみやびに問うてきた。

「あんたが、拝み屋さんかね」

「ええと……。手伝っている者です」

正確にはただの同居人だが、話がややこしくなるのでそう言った。手伝いというのは、嘘ではないだろう。

みやびは、質問をした。

「河童の行きそうな場所に心当たりはありませんか？」

「この畑と川くらいだ」

与作は力なく言った。河童がねぐらにしている川にも行ってみたが、気配さえなかったという。

「何とか見つけてくれ。また河童と酒を飲みたい」

与作は頭を下げて、誰もいない一人暮らしの家に帰っていった。

†

みやびは途方に暮れた。手がかりがなさすぎる。

「さすがだのう」

ニャンコ丸が言った。心の底から感心している口振りだった。

「あっという間に手詰まりになるとは、おぬしには駄目人間の才能がある」

「馬鹿にしてるの？」

むっとして問い返すと、悪びれる様子もなく頷いた。

「うむ」

腹立たしい。でも、ここまではっきり言われると、怒ることもできない。こいつに怒っても無駄だと分かってもいるし、そもそも怒っている場合ではない。手詰まりなのも本当のことだ。

悪口を聞かなかったことにして、みやびは話を進めた。

「どこをさがせばいいと思う？」

仮にも仙猫を名乗っているのだから、みやびよりは河童に詳しいと思っての質問だ。

ニャンコ丸は返事をした。それは、予想もしなかったものだった。

「さがさなくてもよい」

「え？」

「聞こえなかったのか？　さがす必要はないと言っておるのだ」

「どういうこと？」

諦めろということだろうか。

「そろそろ見つけるころだからだ」

「え？　見つけるって何を？」

話についていけず、当惑しながら聞いた。すると、ニャンコ丸がこともなげに答えた。

「河童に決まっておろう」

この返事には驚いた。

「ええっ!?　河童を見つけたの？　ど、どうやって？」

「おぬしには、目がないのか」

と、ため息をつかれた。この性格の悪い駄猫は、みやびを馬鹿にしないと話を進められないのか。

「どういう意味よ？」

「そのままの意味だ」

いつものことだが、ニャンコ丸は威張っている。

「わたしにも分かるように話してもらえる？」

「おぬしの知能にあわせるのは難しいのう」

余計なことを言ってから、ようやく、みやびの疑問に答える姿勢を見せた。

「ぽん太とチビ鳥だ」

「え？」

「あのふたりに河童をさがさせておる」

「そ……そういえば――」

見当たらない。ニャンコ丸に言われて初めて、少し前から姿を消していることに気づいた。

「あの子たちが、河童をさがしてくれてるの？」

「そういうことだのう。みやびでは見つけることができぬと思って、わしが命じたのだ。どうだ？　わしは賢かろう」

最後の言葉は無視して、みやびは聞く。

「『さがさせておる』って、どこをさがしてるの？　もしかして、江戸中をさがし回ってるとか？」

「ふん。頭も勘も悪い人間と一緒にするな。あやつらは、この猫大人の子分だぞ。

河童の居場所くらい簡単に分かる」

自分は何もしていないくせに偉そうである。

「もう帰ってくる」

その言葉は嘘ではなかった。それが合図であったかのように、烏の鳴き声が聞こえた。

「カァー」

チビ烏だ。空ではなく、ぽん太の肩に載って帰ってきた。

緊張感がまるでなかった。ふたりとも口をもぐもぐと動かしていたからだ。それを見て、ニャンコ丸が怒鳴った。

「何を食っておるっ!?　わしの分はどこだっ!?」

鬼気迫る形相で詰め寄られても、ぽん太は落ち着いていた。ゆっくりと口の中のものを嚥下してから、ニャンコ丸に返事をした。

「食べているのは、みたらし団子。お土産もあるよ」

「土産？　本当かっ!?　わしの分もあるのかっ!?」

「うん。ここにあるよ」

そう言って傘を開き、うれしそうに言った。

「河童をさがしに行ったついでに、傘を修理してもらったんだ」

確かに、直っていた。そして、何をどうやったのか不明だが、みたらし団子が開いた傘の上から出てきた。こんなことばかりしているから傘が壊れるのだが、ニャンコ丸はよろこんだ。

「おぬしは、できる狸だのう」

みたらし団子を奪い取るように受け取り、がつがつと食べ始めた。

「旨い！　団子は、みたらしにかぎるのう！」

絶賛であった。

ちなみに、みたらし団子とは、竹串に団子を刺して砂糖醬油を絡めたものだ。ただし、この時代は砂糖を用いず、生醬油の付け焼きが一般的だった。京都の下鴨《しもがも》神社で行われている『御手洗会《みたらしえ》』の際に、境内で売られていたのが始まりだと言われている。江戸の町でも人気があった。

「うん。おいら、できる狸。みやびの分もあるよ」

「カァー」

みたらし団子を差し出してきた。

「それは、うれしいけど」

話が逸れている。みやびは、もとに戻そうと質問をした。

「河童をさがしにいったんじゃなかったの？」

「うん。見つけた。みたらし団子は、そのついでだよ。傘の修理は、そのついでのついで」

「カァー」

ということは、すでに事件は解決しているのか？

「どこにいたの？」

みやびが問うと、ぽん太が答えた。

「両国の広小路《ひろこうじ》」

†

明暦三年（一六五七）、江戸中を火の海にする大火事が起こった。

「明暦の大火」

もしくは、

「振袖火事」

と、呼ばれる大災害だ。一説には、十万人を超える死者が出たとも言われている。町を焼いただけでなく、江戸城にまで被害が及び、西丸を残して焼失してしまったというから、歴史に残る大事件だ。

これをきっかけに、幕府は火除地《ひよけち》を設けた。火事の延焼を防ぐために、江戸の町中に空き地を作ったのであった。

墨田川に架かる両国橋西詰にも広場があった。恒久的な建造物は建てられなかったが、いつごろからか仮設の見世物小屋や屋台が立ち並び、江戸で指折りの盛り場となった。毎日がお祭り騒ぎのような場所だ。江戸中から人間が遊びにくる。常に賑わっていた。

「河童は、両国広小路の見世物小屋にいるよ」

「カァー」

ぽん太とチビ鳥が教えてくれたが、その情報はよろこべなかった。

「最悪じゃないの……」

見世物にされるために捕まってしまったということだ。

見世物小屋は、その名の通り、変わったもの、、を見せ物にして金を取る商売だ。後年、駝鳥《だちょう》や象のような珍しい動物を見せて木戸銭を取ったという記録も残っていた。

商売をすること自体はいい。問題は、香具師と呼ばれる連中だ。破落戸と変わらぬ輩がやっていることもあった。

人身売買が公然と行われており、人をさらって見せ物にするのも珍しい話ではなかった。金次第で、人さらいや殺しも請負うと言われることもあった。河童をさらうことくらいは、平気でやるだろう。

「妖を見せ物にするとは許せんのう。猫大人さまが退治してやろう」

「うん。おいらも手伝う。悪いやつらは、針の山で苦しむといいよ」

「カァー」

ニャンコ丸たちが怒り出した。その気持ちはよく分かる。人だろうと妖だろうと、無理やり見せ物にするのは許せない。

「傘も直ったから、やっつけられるよ」

その言葉は心強かった。やりすぎると江戸が全滅するが、ぽん太の妖力は無敵だ。破落戸ごときを倒すのは簡単なことだろう。

「河童を助けに行きましょう」

みやびたちは、両国広小路に向かった。

悪辣な香具師が相手なら、それこそ秀次を呼んでもいいような気がしたが、両国は彼の縄張りではない。それに加えて、そもそもの問題もある。

広小路に向かう道すがら、ニャンコ丸たちが言った。

「妖さらいは罪にはなるまい」

「うん。そんな御法度はないからね」

「カァー」

その通りだ。妖さらいが出たと届け出たところで、町奉行所は扱わないだろう。ふざけたことを言うな、と怒られるに決まっている。妖がらみの事件を手がけるのは、やっぱり拝み屋だろう。

そう思うみやびの傍らで、ニャンコ丸たちは張り切っている。

「わしらだけで河童を助けて、破落戸どもを懲らしめるのだ」

「うん。天誅だね」

「カァー」

威勢のいい言葉を聞いているうちに、だんだん不安になってきた。落とし穴が待ち構えている気がするのだ。

（返り討ちにあうような……）

妖力は強いが、ぽん太は抜けている。ニャンコ丸とチビ烏は頼りにならない。そして、それ以上にみやびは弱かった。

(帰ったほうがいいかもしれない)

そんなふうに思っていると、ニャンコ丸が言ってきた。

「ならば、河童を放っておくか。剝製にされるかもしれんがな」

脅かしではなかった。妖の剝製を集めている好事家もいる。珍しい動物もそうだが、剝製にしたほうが高く売れることがあった。

「早く行ったほうがいいと思うがな」

「おいらもそう思う」

「カァー」

河童を剝製にされては、イネや与作に申し訳が立たないし、寝覚めも悪い。拝み屋の看板を汚すことにもなってしまう気がする。

「……分かったわよ」

みやびは頷いた。両国広小路に行く道を急いだ。

†

目的の見世物小屋は、広小路の端にあった。人通りは少なく、流行っている様子はない。客が一人もいないようだった。不自然なほど静かだった。

ぽん太とチビ鳥も、この小屋の中に河童がいることを見はしたが、それほど詳しく見たわけではないようだ。情報がなかった。

見世物小屋を見て、ニャンコ丸がぼそりと言った。

「ますます怪しいのう」

「怪しい？」

「いくら何でも客がいなすぎる」

「客がいないと怪しいの？」

みやびは問うた。閑古鳥が鳴いている見世物小屋は珍しくない気がしたのだ。

ニャンコ丸はその質問には直接答えず、思わせぶりなことを言い出した。

「妖を売りさばく輩がいるというのう」

その話は、みやびも聞いたことがあった。万能薬として河童の黒焼きを売る商人もいる。かなりの高値で取り引きされているという噂もある。

「見世物小屋の看板は隠れ蓑のようだな」

「つまり、繁盛しなくてもいいってこと？」

「そういうことだ。見物客がいては、本当の客が顔を出せなくなるからのう」

「本当の客？」

「妖を買いに来る連中のことだ」

なるほど。

剝製か黒焼きか。いずれにせよ、河童の命は風前の灯火だった。

「早く助けなきゃ」

心の底からそう思ったのだが、ニャンコ丸に叱られた。

「声を出すな」

見れば、真面目な顔をしている。わけが分からなかった。すると、ぽん太とチビ烏が教えてくれた。

「誰か来た」

「カァー」

それは、一大事だ。慌てて物陰に隠れた。間一髪だった。通りの向こう側から人相の悪い四人組が歩いて来た。息をひそめていると、話し声が聞こえた。

「一稼ぎしねえとな」

「もちろんだ。河童に頑張ってもらおうや」

「あれは、拾いものだったな」

「ああ。そうだな」

河童をさらった連中のようだ。見るからに人相が悪い。血が繋がっているのか、顔立ちが似ていた。

「あの連中、きっと、狸や烏の黒焼きも売っておるぞ」

「ひどいやつだね」

「カァーッ」

ニャンコ丸が適当なことを言い、ぽん太とチビ烏が真に受けて憤慨した。男たちは会話を続ける。

「河童に飯を食わせねえとな」

「おう。たんと食わせようぜ。痩せた河童じゃあ商売にならねえ」

まだ剝製にも黒焼きにもされていないようだ。太らせてから剝製だか黒焼きだかにするつもりなのかもしれない。

早く助けたほうがいいことは分かっていたが、河童をさらったと思われる男たちは四人もいる。悪人顔だし、がっちりとした身体をしていた。簡単に言うと、みやびは怖かった。

「どうしよう……」

反応したのは、ニャンコ丸だった。

「任せておけ」

一瞬の早業だった。ニャンコ丸がにゃ、ん、ぱ、ら、り、ん、と宙に舞い、ペタペタペタペタと見世物小屋の男たちに肉球判子を押したのであった。

ぐうたらの駄猫とは思えないくらい動きがいい。音もなく着地し、決め顔を作って言った。

「これで、わしの言葉が分かるようになったはずだ」

千両役者気取りだが、しょせんはニャンコ丸だ。見世物小屋の男たちが、正直な感想を言った。

「ば……化けぶた」

「誰がぶただっ!?　せめて化け猫と言えっ!!」

似ていることを気にしているのか、本気でキレている。ニャンコ丸は怒鳴り散らしながら、見世物小屋の男たちに飛びかかった。

†

現実は、絵草紙とは違う。腹を立てたところで、急に強くなるわけではない。まして や食っちゃ寝の日々を送っているニャンコ丸だ。肉球判子を押したときは上手く不意を突くことができたが、今回は動きを読まれていた。

「このぶた猫めっ！」

罵られた挙げ句、見世物小屋の男たちに捕まってしまった。呆気ないほど簡単に、猫づかみされたのだった。

「は、離せっ！」

じたばたと暴れるが、爪も届かない。ニャンコ丸は太っているだけでなく、足が短かった。

「チビ鳥、わしを助けろっ！」

「カァー！」

だが、こいつも弱かった。いや、見世物小屋の男たちの動きが速かったと言うべきか。

「危ねえじゃねえか」

と、素手で摑まれてしまった。手妻《てづま》（奇術）を見ているような鮮やかな動きだった。

「焼き鳥にしてやろうか」

「カ……カァ……」

脅されて涙目になっている。黒焼きが増えてしまいそうな状況である。だが、ニャンコ丸とチビ烏の役に立たなさは予想通りとも言える。このふたりは武闘派ではないのだ。

かく言うみやびだって役に立たない。悪辣な香具師たち四人に勝てる道理がなかった。助けることができるのは、あいつだけだ。

「ねえ、おいらの傘に入らない？」

ぽん太が始めた。

「傘？」

見世物小屋の男たちが、きょとんとした顔になった。意味が分からないのだろう。まあ、当然だ。

「あれ？　入らないの？」

ぽん太が諦めようとする。この狸は、意外と淡泊な性格をしていた。

慌てたのは、囚われの身の猫と烏だ。

「入るっ！　傘に入ると言っておるぞ！」

「カァー！」

黒焼きにされたくないのだろう。必死である。

「うん。分かった」

見世物小屋の男たちは何も言っていないのに、勝手に話を進める。

「じゃあ、特別に入れてあげるね」

朱色の唐傘を開いた。

ぽん太が術を使ったのだ。

ぐにゃり――――
――――と、目の前の景色が歪んだ。

「な……なんだ、これは……？」

男たちが目をこすっている。目がおかしくなったと思ったのだろう。だが、錯覚ではない。

「まだ始まったばかりだよ」

ぽん太が傘を回し始めた。すると、書物をめくったように、世界が変わった。空が灰色になり、地面には草木の一本も生えていない。

ただ、川があった。

石ころばかりが目立つ川だ。

魚がいる様子はなく、寒々しいばかりに濁っている。

鳥肌が立ちそうな景色だった。

初めて見たはずなのに、みやびにはそれが何なのか分かった。歌声が聴こえてきたからだ。

河原の石を取り集め
これにて回向の塔を積む
一つ積んでは父のため
二つ積んでは母のため……

『賽の河原地蔵和讃』だ。ぽん太が呼び出したのは、賽の河原だった。

子どもが行くという三途の川の河原のことだ。親の供養のために小石を積み上げて塔を作ろうとするが、地獄の鬼に崩されて苦しめられる。地蔵菩薩が救ってくれるまで、苦しみが続く。

「おいらが呼んだ賽の河原には、地蔵菩薩は来ないんだ。だから、永遠に石を積むことができるよ」

ぽん太が幸運を知らせるように、ひどいことを言った。

「石積みを楽しむといいのう」

「カァー」

そう続けたのは、ニャンコ丸とチビ烏だ。見世物小屋の男たちに捕まっていたはずだが、いつの間にか自由になっていた。

ぽん太が、さらに続ける。

「ここは、この世。賽の河原は、ずっとはいない。この傘を閉じたら、賽の河原はあの世に帰るよ」

「お……おれたちは、どうなるっ!?」

見世物小屋の男たちが悲鳴を上げた。賽の河原が恐ろしいのだろう。汗をびっしょりとかいている。ぽん太にすがりつくような顔をしているが、傘差し狸は冷たい。

素っ気なく言い放った。

「賽の河原と一緒にあの世に行けるよ。よかったね」

さっさと傘を閉じようとする。賽の河原に置き去りにするのは、ある意味、殺すよりひどい真似だ。

だが、置き去りにはできなかった。ぽん太が傘を閉じようとした寸前、子どものようなかん高い声が響いた。

「待てっ!! 待ってくれっ!!」

その声は、三途の川から聞こえてきた。荒涼たる景色に目を向けて、みやびは驚いた。

「……河童が泳いでる」

ばしゃばしゃと水を跳ね飛ばしながら、河童がこっちに向かってきていた。

「あやつ、何をやっておるのだ?」

ニャンコ丸の疑問に答えられるものは、誰もいなかった。

河童は泳ぎが達者だ。あっという間に三途の川を泳ぎ切り、もたもたと賽の河原に上がった。そして、ぽん太に言った。

「そいつらをあの世に連れて行かねえでくれっ!!」

「へ？」

おかしな声が出てしまった。みやびだけでなく、声をかけられたぽん太もぽかんとしている。謎の展開であった。

「おぬし、こやつらにさらわれたのではなかったのか？」

ニャンコ丸が、一同を代表するように聞いた。

「違うっ!!　全然、違うっ!!」

河童が首を横に振った。否定している。全力で首を横に振っていた。

「違うだと？　ならば、おぬしも悪人の仲間か？」

ニャンコ丸が重ねて聞いた。妖と悪い香具師が手を組んでいると思ったようだ。

確かに、その可能性はあった。

だが、それも不正解だった。

「こいつらは悪人じゃねえんだよっ!!」

賽の河原に声が響いた。

†

九助《きゅうすけ》。

それが、河童の名前だ。すべての人間にそれぞれの人生があるように、河童には河童の人生があった。

ただ、はっきりとおぼえていないことも多い。物心ついたときには両親がいなかった。激しく降る雨の音。それから、川に流されている記憶が残っているので、あるいは大水に巻き込まれたのかもしれない。河童が別の土地に流れ着くのは、よくあることだった。

気づくと、深川の外れにいた。雑木林くらいしかない場所だ。鄙《ひな》びていて、人も妖も見当たらなかった。

河童は、強い妖ではない。その中でも、九助は弱いほうだった。たいていの妖に負ける。人間にも勝つ自信はなかった。だから、誰もいない場所は、いじめられる心配がなくて都合がよかった。

でも、その反面、独りぼっちで暮らすのは寂しいことでもあった。来る日も来る日も、ひとりなのだ。

（このまま、誰ともしゃべらずに死んでいくのか）

そんなふうに思うと、無性に悲しくなった。何のために生まれて、何のために生きているのか分からない。

絶望していようと、簡単には死なない。何しろ妖は、人の何十倍もの寿命を持つ。千年二千年と生きることもあり、その間に、町ががらりと変わることも珍しくなかった。ましてや、このころの江戸は変革期に当たっていた。

何もなかったはずの深川が、少しずつ拓け始めた。たいして都会になったわけではないが、それでも、ときどき人間を見かけるようにもなった。九助のねぐらにしている川のそばにも、畑ができた。与作と出会った、あの畑だ。

初めて与作を見たとき、まだ青年だった。顔に皺はなく、髪も黒かった。両親らしき男女と一緒に畑を耕していた。

やがて、与作は嫁をもらった。長い黒髪の美しい女だった。家族四人で畑仕事をし、昼飯時には握り飯を食っていた。遠くにいても聞こえるほど賑やかで、笑いが絶えなかった。

九助はその声を聞いて、幸せな気分になった。

(人間ってのは、よく笑いやがる)

呆れるような思いもしたが、楽しそうな声に釣られて、一緒に笑ったことがあるくらいだ。独りぼっちの寂しさが慰められた。

だが、時の流れは残酷だ。人の寿命は短く、幸せな時間は長くは続かない。本当に、本当に、あっという間の出来事だった。

与作の両親がいなくなり、女房も畑に来なくなった。笑い声は消え、与作の髪は真っ白になっていた。

（みんな、死んじまったのか……）

賑やかな時間が通りすぎてしまったのだ。与作は独りぼっちになった。九助と同じ独りぼっちだ。あんなにうるさかったのが嘘のように、与作は無口になり、詰まらなそうに野良仕事をする。

それでも、近づくつもりはなかった。人と妖が仲よくなれるわけはないのだし、

（追い払われるのが落ちだ）

と、思っていた。九助は臆病だった。拒絶されるのが怖かった。

そんなある日、与作が畑に出てこなかった。一日だけではなく、その翌日も姿を見せない。

「珍しいこともあるもんだぜ。……まさか、死んだんじゃねえよな」

呟いたそばから心配になった。人間は、すぐに死んでしまう。与作の家族もそうだった。

「様子を見てくるか」

いても立ってもいられなくなったのだ。与作の家に行ったことはなかったが、建物そのものが少ないので見当がついた。

歩いていくと、古びた藁葺き屋根の家に辿り着いた。百姓家には、隙間が多い。戸締まりだって、ちゃんとしていない。適当な隙間からのぞくと、布団に寝ている与作、それから若い娘がいた。

「もう二、三日の辛抱だ。寝ておれ」

娘は、医者というもののようだ。苦いような薬のにおいがするし、この娘を見たこともあった。

俗に河童は、金属による切傷や接骨のためによく効く薬を作ることができると言われている。霊薬の処方に通じているからだ。この薬は「河童膏」などと呼ばれている。

ちなみに、後の世で、新選組の副長を務めた土方歳三《ひじかたとしぞう》の生家で売られていた「石田散薬」は、河童明神から作り方を教わったと言われている。どこまで本当のことかは分からないが、とにかく九助は薬に詳しかった。

だから、娘医者のやっていることも分かった。ぱっと見だが、腕もいいように思える。

「大丈夫みてえだな」

九助は、胸を撫で下ろした。娘医者が飯の世話もしているらしく、与作の枕元には粥が置いてあった。

すると今度は、畑が気になった。

「暑《あち》い上に雨が降らねえからな」

ねぐらにしている川も、このところの陽気で干上がりかけている。

「放っておいたら枯れちまうぜ」

作物を心配したのだ。畑に行ってみると、案の定、元気がなかった。そのくせ、雑草が伸びている。

このままでは、与作の親や女房が耕した畑が駄目になってしまう。それは、忍びないことのように思えた。

「仕方がねえ。ちょいとやってやるか」

言い訳するように呟き、畑仕事を始めた。ずっと見ていたので、何をすればいいのかは知っている。

作物に水をやり、雑草を引き抜いた。二日も三日もやった。汗びっしょりになったが、悪い気持ちではなかった。

「今日はこの辺にして、一杯やるとするか」

滅多に酒など飲まないが、無性に飲みたい気持ちになった。与作や彼の父親が飲んでいたのを思い出したのだ。

「買ってくるとするか」

落ちていた編笠を目深にかぶり、人間のふりをして買いにいった。川で拾った金を持っていたので、それを使った。酒売りは疑うことなく、九助に酒を売ってくれた。

自分のねぐらで飲んでもよかったが、与作の畑で一杯やることにした。作物を見ながら飲みたかった。

「さてと――」

畑の脇に座って、買ったばかりの酒を飲んだ。

「……ふうん」

気の抜けた声が出た。あまり旨くなかったのだ。

「金の無駄だったな」

九助はがっかりした。もう、いらないと思った。

「捨てちまうか。……でも、もったいねえよな」

独り言を言いながら酒を持てあましていると、不意に足音が聞こえた。

(やべえ。人間の足音だ)

慌てて木の陰に隠れた。

やって来たのは、与作だった。

「これは……。どういうことだ?」

自分の畑を見るなり、首をひねっている。手入れがされていることを不思議に思っているのだろう。

いつもなら人間に見つからないようにするのだが、このときは、なぜか与作と話してみたい気持ちになった。いや、ずっと話してみたかったのかもしれない。九助は声をかけた。

「おい、じじい。やっと出てきたな」

「お……おまえは……」

さすがに驚いたようだが、すぐに察したらしく九助に礼を言った。

「助かった。ありがとう」

こんなふうに言われたことはなかった。背中の甲羅のあたりがこそばゆい。照れくさかった。九助はぶっきらぼうに言った。

「礼はいいから、酒を飲ませてくれよ」


九助が与作に酒をねだったのは、ただの照れ隠しだ。礼を言われて照れくさかったので誤魔化そうと言ってみただけで、本気で酒を飲みたいと思ったわけではない。そもそも、さっき買った酒を持てあましていた。

（酒ってやつは、おれの口には合わねえ）

だが、与作は真に受けた。わざわざ家に戻って、九助のために酒を持ってきてくれた。

「好きなだけ飲むがいい」

今さら断りにくい雰囲気だ。妖のくせに、九助は気を使う性格だった。

「じゃあ、ちょっとだけ……」

お義理にちびりと口をつけた。そして、仰天した。

「旨《うめ》えっ！　いい酒だな、じじい！」

さっきの酒とは比べものにならなかった。高い酒を持ってきたのだと思ったが、与作は首を横に振った。

「安酒だ」

「嘘をつけ」

と、決めつけると、与作が値段を言った。

「一合八文（約二百円）だ」

「……そいつは安いな」

九助の買った酒の半値以下だ。

「酒は値段じゃないというからな。おまえの口に合うのだろう。気に入ったのなら、残りはやろう。持って帰っていいぞ」

「いいのか？」

「ああ。家には、まだある。樽で買ったからな。わし一人じゃあ、来年になっても飲み切れんよ」

遠慮なくもらうことにした。

「じいさん、ありがとうよ」

ねぐらに戻って飲んだが、与作と一緒に飲んだときほど旨くなかった。

「どういうこった？」

考えたが、分からない。もともと考えることは得意ではなかった。酒は人間の世界のものだ。河童に分からなくても不思議はない。

「まあ、いいや。明日も手伝ってやるとするか」

その後も、毎日、畑に通った。口には出さなかったが、働くことは楽しかった。野良仕事を終えた後には、与作と一緒に酒を飲んだ。

ただ、酒をねだりはせず、九助が持ってきた。与作が酒代を持つと言ったが、きっぱりと断った。

「余計な金を使うんじゃねえ。自分の葬式代に取っておけ」

強引に押し切ったが、九助もそれほど金を持っているわけではない。川や道端で拾った金が全財産だった。

何度か酒を買うと、底を突いた。金がなければ、酒は買えない。与作と一緒に酒を飲めなくなってしまう。

酒売りを脅して奪うことも考えたが、柄ではなかったし、そんな真似をして酒を手に入れても旨くなかろう。

すると、方法は一つだけだ。

「銭を稼ぐしかねえな」

人間のような考え方だ。与作たち一家をずっと見ていたからか、九助は人間染みていた。

だが、どうすれば稼げるのかが思い浮かばない。妖の中には変化を得意とするものもいるが、九助はただの河童だ。人に化けることはできない。河童が人に雇ってもらうことは難しい。

「どうしたものかねえ……」

腕を組んで考えながら、川岸から少し離れた道を歩いた。考え事をするとき、歩く癖があるのは妖も同じだった。ただ、この場合、金が落ちていないかと思う気持ちもあった。

犬も歩けば棒に当たるというが、河童が歩いた結果、人相の悪い四人組と行き当たってしまった。

「おうっ、見ろよ！　河童だ、河童だ！」

「すげえっ！　本物かっ!?」

「皿も甲羅もある！　本物だ！」

「マジか!?」

男たちが盛り上がっている。妖と会ったのに、怖がっている様子がなかった。九助は臆病だが、世の中には悪い河童もいる。人間の尻子玉《しりこだま》を抜くのは、よく知られた話だ。

（こいつら、よろこんでやがる……。逃げたほうがいいな）

そう思ったときには遅かった。四人組に取り囲まれていたのであった。男たちの一人が、九助に話しかけてきた。

「おれたちは、両国広小路にある見世物小屋の――」

見世物小屋！

最悪の連中に囲まれてしまったのであった。

†

見世物興行は次の三つに大別できる。

奇術、軽業《かるわざ》、曲芸、武術などの技能や芸能を見せるもの。

珍しい動物など珍奇なものを見せるもの。

からくり、籠細工その他の細工物を見せるもの。

見せ物にするために、子どもや女、妖をさらう者もいた。力の弱い妖は狙われやすい。剝製や黒焼きにされて売られた河童の噂を聞いたこともある。

だから、九助は逃げることにした。男たちは追いかけてくるだろう。河童は泳ぐのは得意だが、走るのは苦手だ。

川に飛び込みたかったが、距離があった。九助の鈍足では川に辿り着く前に、きっと追いつかれてしまうだろう。

（やべえ。捕まる……）

半ベソで覚悟したが、追いかけてくる気配はなかった。背後に耳を向けても、男たちの足音が聞こえない。

不思議に思ったが、そのまま走り続けた。あと何歩かで川に飛び込める場所まで来たとき、どさりという音が鳴った。

反射的に立ち止まり、振り返った。悪党顔の四人組が地べたに座り込んでいた。今の今まで気づかなかったが、男たちの頬は痩けていて、精も根も尽き果てた顔をしている。

逃げてしまおうかとも思ったが、できなかった。やっぱり九助はお人よしだった。座り込んでいる男たちの様子が気になった。

少し迷ってから、とことこと後戻りし、連中に話しかけた。

「顔色が悪いぜ。どうかしたのかよ」

河童が話しかけてくるとは思っていなかったのだろう。四人組は、一斉にぎょっとした顔になった。

だが、その顔も長くは続かず、すぐに空気が抜けたようにうなだれた。今にも萎んでしまいそうだ。

「おい――」

近づいて問うと、ようやく返事をした。

「腹が減った……」

なんと、行き倒れであった。

†

春彦《はるひこ》、夏彦《なつひこ》、秋彦《あきひこ》、冬彦《ふゆひこ》。

男たちはそう名乗った。偽名みたいだが、本当の名前だという。

「見ての通り、四つ子だ」

春彦は言った。このとき、男たちは握り飯を頬張っていた。九助が与作にもらったものだ。ねぐらのそばに置いておいたものを持ってきてやったのだ。

あのじいさんと来たら、河童を馬や牛のようなものだと思っているらしく、食い切れないくらいの握り飯を持って来る。九助に食わせるためだ。

気遣いはうれしいが、河童は大食いではない。きゅうりを囓っていれば生きていける。

「こんなにもらっても食い切れねえよ」

そう言っても、与作は聞いていない。説教するように言うのだった。

「子どもは、たくさん食べるものだ。大きくなれんぞ」

これも勘違いだ。見た目は子どもだが、もう数百年は生きている。おそらく、これ以上、大きくはならないだろう。

「おれ、じいさんより長く生きてるんだけど」

「だったら、なおさら食べなきゃ駄目だ」

理屈も何もあったものではない。お人よしで気の弱い九助には、断ることができなかった。

こうして、九助は持てあますほどの握り飯を押しつけられたのであった。その握り飯が役に立った。春彦たちは、旨そうに食っている。

一息つくのを待って、九助は言った。

「見ての通りって……。まあ、言われてみりゃあ、似てるけど」

血のつながりはあるように見えるが、四つ子というほどではない。同い年にも見えない。

「子どものころは、もっと、そっくりだったんだよ」

夏彦が言い訳するように言った。よくある話なのかもしれない。人間というものは、年を取るごとに顔が変わる。体型だって差が生まれる。大人になるに連れて、まったくの別人になることも珍しくなかった。

「子どものころは、軽業をやっていたんだ」

今度は、秋彦が言った。取り決めがあるわけでもなかろうが、順番にしゃべっている。

「四つ子の軽業。けっこう人気があったんだぜ」

冬彦の台詞だ。自慢するような口振りだった。

九助は、その場面を想像した。可愛らしい子どもの軽業――それも、四つ子だ。確かに受けるだろう。河童の九助でさえ、見てみたい気がした。

「でもな、その人気は子どものうちだけだった」

再び口を開いた春彦の顔は暗かった。

「人気がなくなったのか？　それとも、軽業が下手になったのか？」

「そうじゃねえ。もっと簡単な話さ」

夏彦がため息混じりに答えた。

「もっと簡単？　何があったんだよ？」

「子どもじゃなくなったからさ」

「え？」

きょとんとする九助に向かって、秋彦が投げやりに言った。

「おっさん四人の軽業じゃあ、銭は取れねえさ」

「……そうかもな」

四つ子の顔を見て納得した。二枚目ならともかく、そろいもそろっての悪人顔だ。はっきり言ってしまえば、汚い中年男以外の何者でもない。金を払って見たいとは思わないだろう。

「女の格好をしてみたり、歌舞伎役者の真似をしてみたり、ごまかしごまかしやって来たが、やっぱり稼げやしねえ」

そして、三十歳になると、まったく客が入らなくなったという。また、太りやすい体質だったらしく、少しずつ軽業のできない図体になっていった。軽業師をやめるしかなかった。

「働かなけりゃあ食っていけねえ。銭がなけりゃあ生きていけねえ。今さら、他の商売をやる自信もねえ」

一端の商人や職人を目指すには、年を取りすぎていた。子どものうちから奉公に出て、商いや職人の技を学ばなければ、なかなか一人前にはなれない。そもそも他の世界を知らなすぎて、やりたい仕事が思い浮かばなかった。思いつくのは、興行の仕事ばかりだった。

こうして、四人は見世物師になった。だが、この道も楽ではなかった。肝心の見世物が手に入らないのだ。何しろ、江戸っ子の目は肥えている。

「つまらねえものじゃあ、見向きもされねえ」

客の来ない日が続き、軽業で稼いだ金も底を突いた。やがて、その日の飯にも事欠くようになった。深川の外れを歩いていたのは、どうにか百姓家を見つけて食い物を恵んでもらおうと思ったからだった。九助には言わなかったが、畑の作物を盗んで食おうとしていたのかもしれない。

いずれにせよ、春彦たち四つ子は窮していた。

「まあ、珍しい話じゃねえさ」

「そうさな。見世物小屋に破産は付きものだ」

「借金まみれになって首をくくる者もいるしな」

「兄ちゃんたちの言うとおりだ」

握り飯を食べて少し元気になったものの、春彦たちの表情は依然として暗かった。生活苦から川に身投げする人間を見たことがあるが、春彦たちの顔色はそれによく似ていた。

（何とかしねえと、自殺しちまうなあ……）

その何とかが難しい。それでも、九助は考えた。そして、自分の悩み——金を稼がなければならないことを思い出した。

二つの問題を抱えて、あまり賢くない九助の頭は混乱した。だが、それがいい方向に作用した。名案が浮かんだのだった。

「おっさんたちの見世物小屋で、おれを雇ってくれよ」

これしかないと思いながら、九助は言った。

†

「つまり」

みやびは、話をまとめた。

「見世物小屋の男たちにさらわれたんじゃなくて、自分の意志で見世物小屋で働いていたってこと？」

「そうだ」

九助が頷いた。事件でさえなかったのだ。

「人騒がせだのう」

「うん。迷惑だね」

「カァー」

ニャンコ丸たちが文句を言うが、それは春彦たちの台詞だろう。悪いことは何もしていないのに、賽の河原に置き去りにされかけたのだ。洒落にならないくらい、ひどい目にあっている。

「傘を広げて損したね」

ぽん太がふて腐れたように言って、傘をくるりと回しながら閉じた。

すると、何事もなかったかのように賽の河原が消えて、両国広小路の景色が戻ってきた。

危うく賽の河原に置き去りにされかかったのだから怒ってもいいところだが、春彦たちにその余裕はない。

「助かった……」

胸を撫で下ろし、全身でほっとしている。恐ろしい賽の河原を見てきたのだから、当然の反応である。

魂をすり潰すような仕打ちをしておきながら、ニャンコ丸は謝りもせずに質問をした。

「それで儲かったのか」

単刀直入である。意地汚いニャンコ丸のことだ。儲かっていたら、奢ってもらおうと企んでいるのかもしれない。

だが、その目論見は外れる。九助が首を横に振った。

「全然だ。客なんぞ来もしねえ」

「河童を見ても面白くないからのう」

「言いにくいことを、はっきり言うな」

「本当のことだのう」

まあ、そうだろう。人間と変わらぬ大きさで見映えがしないし、術が使えるわけでもないのだ。人間が扮装したと思われている可能性だってあった。

「一銭も稼げてないのか？」

「そういうこった」

九助がため息をついた。だから酒を買うことができずに、与作の畑にも顔を出さなかったのだ。

河童が行方不明になった事件は解決したが、九助や春彦たちの問題は残っていた。見れば、しゅんとしている。

（どうにかしてあげたい）

みやびは、知恵を振り絞った。何か名案はないかと考えた。そうしていると、ニャンコ丸がしゃしゃり出てきた。

「地味な妖は憐れだのう。うむ。よかろう。この猫大人が力を貸してやろう」

「力を貸す？」

九助が、聞き返した。ニャンコ丸の性格を知らないので、期待した顔をしている。役に立つことを言うと思っているのだ。もちろん、その期待は打ち砕かれる運命にある。

ニャンコ丸が胸を張って、ろくでもないことを言い出した。

「見世物小屋の舞台に立ってやると言っておるのだ。特別だ。わしの役者絵を売ってもよいぞ」

「おいらも協力する。おいらの顔も描いていいよ」

「カァー」

ぽん太とチビ烏が、尻馬に乗った。本気で言っていることは疑いようがない。

「これで大儲けできるな」

「江戸中の人たちが買いに来ると思うよ」

「カァー」

満面に笑みを浮かべて盛り上がっている。人気者になった自分たちを想像しているのだろう。

このうつけ者たちに水を差したのは、春彦たちだった。

「あんたらじゃあ無理だよ」

「猫と狸と烏なんて、どこにでもいる」

「誰も買いやしねえって」

「一枚も売れねえだろうな」

何一つ間違っていないのだが、ニャンコ丸たちは納得しない。

「何を言っておるっ！　どこにでもいるとは何だっ⁉　ここまで見目麗しい猫がいるかっ⁉」

「こんなに可愛い狸もいないね！」

「カァー！」

箱根の山よりも自己評価が高かった。

「役者絵だけでは商売にならぬのなら、特別に、わしの美声を聴かせてやってもよいぞ！」

「おいらも歌う！」

「カァー！」

美声。

歌う。

その言葉がきっかけだった。思い出したものがあった。考えをまとめながら、身勝手に盛り上がっている仙猫に話しかけた。

「――ねえ、ニャンコ丸」

「ん？　なんだ？　わしの役者絵が欲しいのか？」

「違う。それだけはない」

はっきりと断り、話を進めた。

「ぽん太と一緒に行って、連れて来てくれない？」

そう頼むと、ニャンコ丸とぽん太が問うてきた。

「連れて来る？　九一郎か秀次を呼ぶのか？」

「助けてもらうの？」

今回だけは、二人の手を借りないつもりだ。

「それも違う」

みやびは首を横に振り、ニャンコ丸たちに自分の考えを伝えた。

†

花は、季節の移ろいを教えてくれる。

例えば、桜。

美しく咲いたのも束の間、薄紅色の花が散って、葉桜となっていた。春が終わり、夏が訪れようとしているのだ。

この日、九一郎は一人で両国広小路にやって来た。イネの薬のおかげで熱は下がったが、顔色はすぐれない。額が隠れるように紺色の手拭いを巻いていた。この時代、町人が手拭いを巻くのは珍しいことではなかった。また、役者顔の九一郎にはよく似合っている。

人目を避けるように歩き、広小路の端のあたりに辿り着いた。春彦たち四つ子の見世物小屋がすぐそこに見える。

閑古鳥が鳴いていたはずの見世物小屋の前に、長い行列ができていた。こうなっていることは、廃神社でニャンコ丸たちから聞いていた。

「大人気だのう」

「行列のできる見世物小屋だね」

「カァー」

江戸中で話題になっているという。秀次や熊五郎、さらには、あのイネまでも見に行ったと言っていた。

九一郎は、その尻馬に乗るように、廃神社から出て来た。

「のぞいてくるでござる」

ずっと寝ていたので身体が鈍っているから、散歩がてら行ってくると、みやびたちに言ってやって来た。

しかし、行列に並ぶつもりはない。

廃神社を抜け出す口実だった。

見世物小屋に入るまでもなく、音が漏れている。

ちんとんしゃん
ちんとんしゃん

他にも、いろいろな楽器の音が鳴っている。三味線や琴、鉦などの音だ。

見世物小屋の前には、歌舞伎小屋で見かけるような幟《のぼり》が出ていて、こう書かれていた。

つくもがみのうた

これこそが、みやびの考えだった。

「腹黒い女よのう」

「三味長老や琴古主たちを扱き使って、お金儲けをするんだよ」

いる。

「カァー」

本気で見世物小屋の舞台に立つつもりだったらしく、ニャンコ丸たちはむくれている。

みやびが声をかけたのは、古井戸の底に追いやられた楽器の付喪神たちであった。人知れず暮らしていた連中を連れてきたのだった。

両国広小路の舞台に立ってみないかと話を持ちかけられ、三味長老たちはよろこんだ。

「我らの曲を聴いてくださるのか」

「まさか舞台に立てるとは」

「晴れ舞台じゃ。晴れ舞台じゃ」

と、張り切って演奏をしている。

見に来る客たちは、からくりだと思っているようだが、楽器の付喪神たちは気にしていない。人間たちの前で堂々と曲を奏で、誰かに聴いてもらえるのがうれしいのだ。

こうして閑古鳥の鳴いていた見世物小屋が、今では両国でも指折りの人気店になった。江戸中で評判となり、瓦版にも取り上げられたほどだ。春彦たちも忙しげに働いている。食えない心配はしなくてもよさそうだ。

一方、九助は見世物小屋を辞めた。クビになったわけではなく、新しい仕事に就いたのだ。

「イネ先生は、河童使いが荒いぜ……」

九助は、ため息をついていた。水草や川辺に生えている草など、薬に使えそうなものを採取する仕事をもらったのだった。与作の畑の一角を借りて薬草を育てることまでさせられているようだ。

「河童の助手とは、なかなか興味深かろう」

イネは言っていた。九助に給料を払っているらしい。一日の終わりには、与作と差し向かいで酒を飲む河童の姿が見られた。

これもすべて、みやびの思いつきから始まったことだ。九一郎では、絶対に思いつかなかっただろう。

「ずっと井戸の底にいるのは、寂しいだろうと思ったんです」

みやびは、楽器の付喪神たちのことを心配していたのだ。子どもが夜中に出歩く事件が解決した後も、気にしていたようだ。

そのやさしさが、人々や妖を引きつける。今も、廃神社でニャンコ丸やぽん太、チビ烏たちと賑やかに暮らしている。

「拙者がいなくても大丈夫でござるな」

そう呟く九一郎のそばには、誰もいない。

（自業自得でござるな）

みやびは、両親を鬼に殺されている。九一郎は、その鬼の正体に心当たりがあった。たぶん、母だ。九一郎の母が、みやびの両親を殺した。

――父と母を殺した鬼を退治してください。

みやびに頼まれた。いや、頼まれなくても決着をつけるつもりでいる。自分にとっても倒さなければならない相手だったからだ。

九一郎には、妹がいた。みやびによく似た容貌をしていた。そして、その妹も鬼に殺された。

「仇を討つでござる」

改めて、自分に言い聞かせた。他に道はなかった。母を許してはおけない。自分の血と決着をつけなければならない。

九一郎は、見世物小屋に背を向けた。賑やかな場所から逃げるように歩き始めた。気配を消して、誰にも会わずに十万坪まで戻ってきた。

みやびたちと暮らす廃神社はすぐそこだが、帰るつもりはなかった。
そう。
二度と帰るつもりはない。
二度と、みやびと会うつもりはない。
周囲に誰もいないことを確かめてから、九一郎は印を結び、冷たい声で言った。
「始めるとするか」

第五話　百鬼夜行

人として生きていきたければ、おとなしくしているんだな。
術を使うのを控えろ。

イネの言葉が脳裏を駆け抜けたが、九一郎は後戻りしなかった。術を使うべく真言を唱えた。

オン・アボキャ・ベイロシャノウ
マカボダラ・マニハンドマ
ジンバラ・ハラバリタヤ・ウン

この真言を唱えるたびに、額が熱を持つ。激痛が走る。人ではない何かに近づいていく。
もう少し、人として生きていきたかった。

みやびの顔が思い浮かんだ。

短い間だったが、彼女とすごした日々は楽しかった。

母のことを忘れてしまえば、あるいは幸せな日々が続くのかもしれない。廃神社で賑やかに暮らすことができるのかもしれない。

だが、九一郎は真言を唱え続けた。晴れていたはずの空が、いつの間にか曇っている。今にも雨が降り出しそうな重い雲に覆われてしまった。日の光が遮られ、真っ暗になった。

一寸先も見えない。

世界が終わってしまったような暗さだ。

深い闇の中で、九一郎はぱんと柏手を打った。

その瞬間、雷が鳴った。

びりり、びりりと光り続けて周囲を照らした。何も見えなかった世界が、その正体を現した。

空を覆っていたのは、雲だけではなかった。異形のものたち——魑魅魍魎《ちみもうりょう》の群れがそこにいた。

いくつもの火の玉が浮かんでいる。

九尾狐や一つ目、三つ目、雲を衝くような大男、一本足の化け物。さらには、かつて九一郎が呼び出したことのある古籠火《ころうか》や土蜘蛛、狂骨といった妖の姿もあった。

その他にも、数え切れないくらいの妖が現れた。

土蜘蛛の土影《つちかげ》が地べたに降り立ち、九一郎に問いかけてきた。

「何の用だ?」

盗人のような黒装束を身につけ、額に白い鉢巻きをした少年が立っていた。髪は長いが、背丈は低く、十五、六にしか見えない。そのくせ、話し方は大人びていて、生意気そうな顔をしている。

鳥山石燕の『今昔画図続百鬼』では、蜘蛛の姿をした妖怪として描かれているが、その正体は大和朝廷に異族視された種族であるという。

また、『常陸国風土記』では「狼の性、梟の情」を持つとされている。いわば札付きの悪妖怪であり、その気になれば、江戸を壊滅に追い込むこともできるだろう。

そして土影は、九一郎に必ずしも従順ではない。

「二度と呼ぶなと言ったはずだ」

不機嫌な声をぶつけてきた。

普通の人間ならば震え上がるところだが、九一郎は普通ではない。温度のない声で言った。

「用ではない。命令だ。従えぬものは消す」

一瞬、土影の目に怯えが走った。九一郎が本気で言っていると分かったのだろう。

「ちっ」

怯えたことを誤魔化すように舌打ちし、土影は横を向いた。不遜な態度を取り続けているが、これ以上、逆らうつもりはないようだ。

九一郎は魑魅魍魎に命じる。

「母をさがせ」

「御意」

古籠火が返事をした。妖たちの束ね役だった。古籠火は、火の玉――鬼火だ。ちなみに、青色を「人魂」、暗紅色を「貉火《むじなび》」、淡紅色を「狐火」とする説もあるが、目の前に現れた怪火は真っ赤に燃えている。鬼の吐く真っ赤な炎だから、「鬼火」なのだ。

「行くぞ」

古籠火の言葉を合図に、魑魅魍魎が動き始めた。あるもの、は紅蓮に燃える火の玉となり、あるものは妖の姿のまま、江戸の空に散った。

妖たちの飛翔は、嵐のような強風を生んだ。突風に煽られて、額に巻いていた九一郎の手拭いがほどけた。

そこにあったのは、

鬼の角

はっきりと分かる大きさの鬼の角があった。般若の面の角に似ているものが、九一郎の額から生えていた。

九一郎は手拭いを拾ったが、再び巻きはしなかった。ただ小さく口を動かした。

「これでいいのでござる」

呟いた声は、もう誰にも届かない。

本書は書き下ろしです。

うちのにゃんこは妖怪です
つくもがみと江戸の医者

高橋由太

2021年9月5日　第1刷発行

発行者　千葉 均
発行所　株式会社ポプラ社
〒102-8519　東京都千代田区麹町4-2-6
ホームページ　www.poplar.co.jp
フォーマットデザイン　bookwall
組版・校正　株式会社鷗来堂
印刷・製本　中央精版印刷株式会社

N.D.C.913/271p/15cm　ISBN978-4-591-17168-4

P8101430